琴剑诗系·全国公安实力派诗人丛书

贾卫国
诗选

全国公安文联/选编

群众出版社
·北京·

图书在版编目（CIP）数据

贾卫国诗选／全国公安文联编．—北京：群众出版社，2016.10
（琴剑诗系·全国公安实力派诗人丛书）
ISBN 978－7－5014－5584－3
Ⅰ.①贾…　Ⅱ.①全…　Ⅲ.①诗集—中国—当代　Ⅳ.①I227
中国版本图书馆 CIP 数据核字（2016）第 237004 号

贾卫国诗选

全国公安文联　选编

出版发行：群众出版社
地　　址：北京市丰台区方庄芳星园三区 15 号楼
邮政编码：100078
经　　销：新华书店
印　　刷：北京普瑞德印刷厂

版　　次：2016 年 11 月第 1 版
印　　次：2016 年 11 月第 1 次
印　　张：6.375
开　　本：880 毫米×1230 毫米　1/32
字　　数：156 千字

书　　号：ISBN 978－7－5014－5584－3
定　　价：29.00 元

网　　址：www.qzcbs.com
电子邮箱：qzcbs@sohu.com

营销中心电话：010－83903254
读者服务部电话（门市）：010－83903257
警官读者俱乐部电话（网购、邮购）：010－83903253
文艺分社电话：010－83903973

目 录

卷二　人间

卷三　笔记

总序

公安战士的文化风范与盎然诗情

梁鸿鹰

警察有警察的风范，战士有战士的情怀，他们的文化追求，他们的精神世界，值得嘉许和褒扬。托尔斯泰曾经说过，人类被赋予了一项重要工作，那就是精神的成长。而在人精神成长、内心世界丰富的进程中，诗歌往往可以发挥至为重要的作用。有诗情、会写诗的人，他们更会生活，更有工作的激情和爱的能力。放眼全国公安队伍，杨锦、侯马、田湘、胡丘陵等一大批用自己的业余时间在文学世界里驰骋的人，就是有精神追求、有文化情怀的人，他们有作为人民卫士的博大胸襟。同样，他们以诗人永不衰竭的歌喉，歌唱理想、呼唤美好、维护正义，体现出的独特诗情，体现着当代文学的独有风范。

事实上，在我们这个诗的国度里，诗言志，同时诗向来润物细无声。在当代公安文化的建设中，诗歌起到的作用向来十分突出，奋起、担当与参与，使之成为文化的轻骑兵，鼓舞干劲、激扬斗志、暖人心怀。战士有战士的情怀，属于国家；公安人有公安人的诗情，源于责任。因此，当海地维和武警兄弟遇难的时候，诗人、散文家杨锦用发自内心的诗章接战士们的遗体回家，他感叹“大地在颤抖中将海地揉碎，当加勒比海不再湛蓝，哭泣的太子港撕裂为世界最终的伤口。当蓝色贝雷帽被黑暗压埋，心的碎片像瓦砾般散落，无法捡拾”。而当高原舟曲灾难袭来的时候，杨锦写下《格桑花在守望》，“啊，圣洁的高原之花，在风雨中挺立，不放弃绽放，让希望在高原上盛开”。正是这样的诗情，将大爱播撒，将大义传扬。诗人贾卫国与他一样，诗句里充满阳刚之气。面对抗战的英烈，他感慨“我听见　从一只手的血管里　传来轰鸣的声音/牙齿咬碎了　一粒粒子弹在枪膛里屏住呼吸/今天　当我无意中目睹了这座骨头铸就的壁垒/必须提醒我的孩子　这是大地深处从未停息的冲锋”。而在森林公安诗人孙敬伟看来，祖国永远是诗人情怀中最神圣的所在，他想象的世界，永远把祖国置于至高无上的位置，他说“祖国，我宁愿一生饱尝委屈和痛苦/也不愿意让你受到任何伤害/我的诗是溢满眼眶的泪水/永远也写不尽你的欢乐与悲哀”，这是他深沉情愫的最直接表达。

擅长以理性的批判和清醒的历史意识穿行于社会、政治、历史和文化的公共空间的胡丘陵，在这部诗集里，将诗的实用性与纯洁性区别开来。注重从记忆深处提取经验，叙述经由畅想达到人情、人文、悲悯、忧伤和正义，透露出当代诗学别开生面的美学趣味：超美学、杂美学，即把诗学从形式主义的牢笼拯救出来，进入生命、生存、生态的广阔界面。

诗无疆界，诗无达诂，拥有诗情的人，就像掌握了进入多彩人生与瑰丽世界的魔棒与钥匙，他们也许不想刻意追求成为世上无谓的、假意幸福的人，但他们希望成为拥有对故乡、对土地怀有炽烈情怀的人。正如邓醒群所说，“因为小草，因为粮食，因为生命/从今天起，我只专注/神圣而永恒的土地”。诗情的可贵往往源自眼光的独特，因拥有看世界的独特视角而使诗情卓然，这是足以让人羡慕的。如同云南的公安战士舒显富（芒原）感受的那样，一种对抗岁月流逝的冲动使他躁动不安，他说“冷是暖的石磨/而诗人却和时间缠斗，在树下厮磨/杀书，磨字，饮鸩止渴”，我喜欢这“杀书”的劲道，我欢呼这“磨字”的决绝，一个诗人，假如失去了进入诗意世界的独特路径，无异于谋杀了诗意。辽宁的公安诗人杨明山那些致力于古体诗歌创作的成果，格外吸引人，在诗坛上，能够贯通古今，修得一种亲切自然之功，那是很不容易的，比如他的《七绝·寄远》：“迢迢漫道望君时，几缕相思暗自知。却尽铅华一樽酒，清茶两盏再谈诗。”诗、酒、茶、友谊，在他这里浑然一体，言简意赅，同样是因为他掌握了通往诗意的密钥。

我们生活在这个世界上，能够以诗的名义，能够把大千世界缩微在那参差不齐的字句中，能够以蓄意的节奏和随意的韵律表达自己对世界的敬意，把对生活的感悟争取到自己的内心，这种难得的情怀，在逐利的时代显得格外优雅。女诗人刘一民的诗，当歌则歌，当哭则哭，但绝不放弃对深邃与优雅的追求，“比起秋天，冬天更疼我/它从梅花的芳香里，剥出/寂静和风暴，送给我/并让它们将我紧紧拥抱”。这些句子，固然属于女性，但更属于有情怀的战士。而在沈国徐看来，诗是触及灵魂的文体，高于语言、处于文字之外，“能借个地方说话吗/青春不在，故人大多远去/时间就像一把毒药”。这些句子，记录的是对往昔的无奈，在我们的灵魂中，永远留着一块地方，是给一去不复返的东西的，在他的眼里，流逝的，更值得记忆，因为可以随时提醒我们，什么才是真正值得珍视的。李尚朝是 20 世纪 90 年代成名的诗人，他的诗情来自生活最富于质感的地方，对一个时代的精神状态有着准确的把握。他在其《大雪》一诗里说，“大雪来得正是时候/十个人看见了仆伏的草/一个人看见了站着的树//我在十一月看到一场大雪/像多年前的灰烬漫天飞洒/一个人站着，像多年前的一团火/雪花硕大，他一语不发”，让人看到精神萎靡的人群里那些人格独立的时代形象。而徐国志永远把最本真、最质朴的诗情送给乡间让他温暖的一切，“时至今日　乡间让我温暖/让我俯瞰一片谷穗的碰撞/秋风在谷底　在河滩　牵出/一条溪水　细细的溪水/试图拉起身后的/大山　让我们沿着河滩/贴近谷底　融入溪水的山涧/追溯秋风的底细　回到土地/深处　回到一棵谷穗的饱满”。这种“饱满”是热爱之后的欣赏，浸透了对燕山草木的深情。孙学军的诗歌文本是他内心的呈现与关照，是他自我灵魂的拯救。他的诗歌文本单纯古朴、秀润纤细、凝重酣畅，是他精神思维的再凸显，更多的时候他关注低处的生存现状，并在山河万物、一草一木、锅碗瓢盆以及琐碎的生活物象里参展，扩及自己的精神维度。他的诗既有深度意象的东西，又能通过适当的叙述营造语境，妙在控制力十足。

这些战士有情怀，这些情怀属于当下，连接着过去与未来，属于最美好的精神创造。

是为序。

（作者系《文艺报》总编、著名文学评论家）

卷一　献词

一株水稻

阳光正好照进我的眼睛　无须打听路的方向
沿一个人的脚印　进入围着村庄说话的水稻
泥土里的温暖　不为人知地进入一粒粮食
河流扩散细细的根须　天空下　心事一片光明
迎面涌来的气息　让我呼吸到了日子的分量
端详一株水稻　一滴水珠摇曳黄澄澄的旷野
风从微山湖上吹来　吹动缓慢的日子　大地的色泽
稻穗低着头　顺着风的去处　理了理额上的发丝
娘从稻田里直起身来　这是我与家靠得最近的时间

渔火

爹八十多了　一早一晚都要上趟湖堤
一片星星点点的绿苗苗在爹眼里跳动
爹不说话　我却听见水草摇晃的声音
一朵一朵绽开的花越过我的头顶
一条一条细细的根扎入我的胸口　血液
一粒一粒鱼子孵化了　游动黄金的波纹
刮风下雨　爹都不觉得天气有什么不好
沉入湖底的河道　在一首诗里长出嫩芽
爹站在那儿　一点一点清晰了模糊的水面
娘入土八年了　旷野　高空　吹响夜的每个角落

南岸

微山湖南岸没一点儿掩饰　地平线清澈见底
田埂　小路　河床　野花香味　泥土气息
咀嚼　反刍　流入胸口　也流向远方
走出村的人　阳光　云朵　风　停在草帽上
目光里　一滴水发芽了　摇曳亲近　高远

大堤上树根隆起　以自己的方式守护安宁
小巷竖起耳朵靠向一侧　咚咚地跑来
娘的呼喊声　挂上树梢　夜　深了又深
一种力量醒了　一手握紧我　一手又将我推开
灯　一直照向这边　模糊的面孔　清晰了

门前的小河　鱼群游动　我也曾这样无拘无束
水汽氤氲升起　一眨眼盈满了一帧画像
从这里望去　屋檐　树木　河边的岩石流动了
娘的身影一圈一圈荡漾　日子的花晶莹绽放
波纹轻了又轻　一定有个地方收留了它们

微山湖南岸和以前一样　太阳落了　月亮升起
一句方言在一粒灌浆的粮食里　一天天增加分量
散发乳香的稻穗低着头　我听见娘的呼吸　心跳
一口口咽下又香又甜的大米　谁收获了好名声
有座小城叫鱼台　有个村叫高庄　有捧土是娘的坟

蒲草

一粒水珠在毛孔里喘了口气　冒了个泡
湖面上　太阳开出一片不同颜色的花
河滩　水洼里一条条根　蠕动着赶来
蒲草编织的日子　柔软了一层又一层光阴
此时　紧贴着身子的那一层是你的呼吸
脚趾扎进湖底　一前一后的影子站在船头
一把镰刀收割蒲草　一把镰刀沉入湖心
触摸模糊的伤口　不留神被风划破了手指
微山湖的眼神　绿了黄了　黄了绿了
夜　或长或短　村庄　吃得香　睡得好
让我想一个女人　和娘一样的女人

戏台

戏台上　戏台下　青草蔓延了村庄的夜晚
光景摇晃着屋檐　一场场　一出出唱起来
拉开幕布的瞬间　一盏灯照亮青枝绿叶的面孔

记得戏台上的俊人　来家里吃过娘做的饭
她们说话的声音真好听　现在一抬头还能听见

锣鼓敲响了　村南头拐角处一个人走来
步子快的娘正年轻　蹒跚而来的娘上了岁数
我迎上前去说话　却怎么也赶不上娘的脚步

给你的诗

一

雪　落在胸口　一朵就压得我喘不过气来
微山湖一株芦苇的身子　摇曳高远的天空
我读懂了流水　以及河底更深处的约定
太阳破冰而出　传送来一声至善至美的叹息
风吹花海　风吹庄严　敬畏　风吹黄金时光
爹娘裹紧棉衣　和湖堤上的树站在一起
我知道　谁用力推我的后背　什么在脸上化了
一粒粮食醒了　融入微山湖雪夜里一点渔火

二

捧起一朵朵雪花　掌心一汪湖水　亮了
一条河流的记忆里　花瓣的忧伤　静静开放
雪　指尖上闪动的目光　浸透干涸的日子
埋葬我吧　我愧对的　高贵的花　圣洁的花

扑向你　一句短了又短的方言　让我哽咽
船靠岸了　拴在岸上的绳子　打上了有力的结
屋檐下仰起头　我的悲伤不是利刃　不需要打磨
雪　你的声音　缓缓上升　用力握紧我的心
雪　微山湖上不为人知的雪　喊醒了孤单的人

三

我来了　我和遍地盛开的雪来了　闭上眼睛
雪　细密针脚里的雪　一根发丝白了小路的视线
我看见　天空的疼　大地的疼　渗入骨肉的疼
雪　点燃一盏灯的雪　身披微山湖的气息涌进屋子
低矮　卑微　沉默的小屋　盈满了紧贴呼吸的温度
看看干净的面孔　原谅我每一句让你伤心的话
疼我的雪　你来了　微山湖上水鸟的足印就清晰了

芦苇

一

开春的微山湖在你眼里　我一头就扎到了底
一团根从泥里爬出来　蠕动着我周身的毛孔
都是话不多的人　无需抬头就知道谁来了　去了
湖面上没有一丝波纹　雾气慢腾腾地填满天空
芽尖刺透薄纸的瞬间　一句方言　舒心地喘着气
盈盈的光泽浮出水来　紧跟着一条慢腾腾的小船
我察觉到了这个时刻　想招呼一声　却张不开嘴
芦苇有自己的脉搏　芦苇抚摸日子的手轻了又轻

二

你　举手　擦亮落日　擦亮即将来临的黑夜
不为人知的情感　吹动微山湖的翅膀
干枯也好　充盈也好　不再让人觉得疼

鱼儿游弋水底的根须　无需言说的幸福　停泊着
湖心的春天　田地　坟冢　隐身于一片安静
一根看不见的琴弦　拨动空旷　虚无　渺小
我不是听众　我是芦苇身边的涟漪　一圈圈上岸了

斜风细雨不须归

发丝斜了又斜　柳叶眉弯了又弯
微山湖上的光阴浅了又浅　淡了又淡
一层细细的波纹　从眼底　缓缓上升
芦芽还在水下　水面显得辽阔　深远
沉入一团根须　熟悉的气息扑面而来
我呼吸到了　路上一句接一句的问候
还是不能将目光收回　就像不能回到某些日子
少了一把雨伞　并不清晰的忧伤潮湿起来

千朵万朵花开

风吹来　微山湖的花开了
我要说的是花开的声音
天空在湖底发芽　云朵在水中呼吸
太阳　月亮开了　一盏灯开了
娘　总是站在春天的一角
爹　早出晚归的船头粘满金灿灿的花粉
芦苇　荷花　绿藻　水鸟　船帆
开满我的胸口　我的发梢　我的脸庞
今天　我明白了　是我遗忘了它们
望望微山湖　千朵万朵　日子都开了

小莲

鱼儿跃出水面　小莲眼里一粒鱼卵孵化了
风从湖心一丝一丝吹来　梳洗着小莲的头发
一滴凉水绿了湖底　我能嗅见小莲身上的气息
码头　渔船　睡得正香　小莲一抬头　飞起来
小莲的发辫　绳子一样缠紧了河堤上的寂静
雾浓了　村子向北张望的眼睛揉了又揉
十七岁的少女　十七岁的小莲　在微山湖里开满花朵
鱼群悠闲地游来　游去　呼吸一圈一圈上岸了
我看见　水鸟羽毛上的小莲　沉入春天的小莲

雁

躺在河堤的斜坡上　身体和草叶一起扇动
雁　从我脚尖　胸口　瞳仁　发梢滑过
羽毛上的温度一点点沁入我周身的毛孔
两只蚂蚁一前一后顺着手指　胳膊　爬上来
一只蚂蚱瞪圆了眼　两腿一蹬　跳上我的衣襟
风在水面上走走停停　没人听见我的呼吸
雁也一样　头也不回地游过河流　游向南岸……

帆

水鸟在芦苇深处鸣叫
云朵　有的飞得很高　有的贴着水面
远处的山　沉默了整个夏天　微山湖上一定少了什么
风　吹起波纹　一路上岸的眼神　醒了
一粒白白净净的种子　在河上悄悄发芽
和过去一样躺在湖堤上　却怎么也铺不平身子

水藻

水藻是新媳妇　和水藻说句话
我都羞得抬不起头来
那年我刚记事　水藻的脸红扑扑的　散发着香味
水藻在流水里打了几个旋　转了几个身
日子在岸上　从指缝里一滴一滴落下来
摸一把头　头发潮了　揉一下眼　眼睛湿了

水藻还是水藻　手指一下一下梳理着叶片
天空　云朵　阳光从额头上凉丝丝地滑过
一汪清水里打捞起那句浸泡已久的话
对不住啊　多好的日子　真不该向你提起

云飘来

坐在小船上　看阳光从水面沉入水底
鱼和我一样一无所知　风　走走停停
一群鸭子停泊在水藻茂盛的芦苇荡
总有几只不安分　一会儿追这个　一会儿追那个
鸭子拍打着翅膀　高一声　低一声　鸣叫
当时　不知道　那些声音去了哪儿
如今　微山湖遗失的一枚鸭蛋浮出水面
云飘来　俯下身子孵化了　现在的我

清风拂面

停靠的小船　轻了又轻
夕阳　一波一波荡漾着安静
我细数　它们远去
芦苇荡里的气息涌来
路还是来来回回流淌

云　低了又低
很用心地擦洗着我的目光
一张渔网撒开了
一只鹭　一会儿越过村庄　湖堤
一会儿又回到湖里
一根洁白的羽毛　在水上旋转
一条鱼儿跃出水面

和今天一样
水鸟的叫声隐约而起
不忍叫醒那些场景

饭菜的香味飘进河道
与撑船回来的爹迎面相遇
我在岸上奔跑　我不是风
我和风一样紧贴着爹的脸

写给冬天或者记忆

我伸手拉开门　一股气流迎面扑过来
农田　村落　屋顶　河道　白了
那一刻　我没觉得冷　也没觉得孤单
村里的小学校　在一条小路的尽头
我看见　一只鸟从一根树枝　跳上另一根树枝
一朵朵雪花　在翅膀下打起一个又一个旋转

苇席

老槐树摇碎阳光　一地的种子跳动起来
我躺在苇席上眼皮发沉　风从稻田里赶到树下

灯亮了　一张苇席卷起　打开娘的面孔
娘坐在堂屋门前　风雪从门缝里钻进来

娘额头上吹落一绺头发　真想伸过手去
娘自言自语地说了些什么　屋里顿时有了暖意

娘年轻　娘的身子焐热了苇席上的每个花纹
娘手指上的裂口有红有白　像我刚刚露头的牙齿

水花溅起

爹　从船尾直起身来
舱里　舱外　又浓了一层烟火
这些微的变化　让我感觉发生了什么

船篷下　日子在风里飘起飘落
一顶红盖头　在爹的酒杯里掀开
一锅鲜鱼的香味　袅袅升起
天空低了又低　一汪金色沉入湖底
鱼儿跃出水面　声音安静地传向四方

阳光碎了　一颗颗星星点亮湖心
爹眼里　湖水　是喝不完的酒
风　吹过船舷　浪
一会儿轻一会儿重地拍打船帮　和现在
爹想孙子了　我带他们回家一样

渡口

村后　还是老样子
下不下雨　石阶都有些潮湿
石板上的纹路还是那么清晰
一股气息和多年前一样

水鸟粉红的趾爪划过头顶
眼神　叫声还是那么近
明亮的水域　鱼儿游动　一根根金线
从船头到船尾　摇一摇波光粼粼

听力减退的爹娘眼里
白天　黑夜　沉入水底
想想　爹娘在湖心相遇的那朵
越开越大的浪花
微山湖洗净你的身子
又将你揽在怀里

咸鱼干

铺一层鱼　撒一层盐
一根绳子　串起正午的阳光
一缸湖水浸透舌尖上的日子

打了卷的鱼鳞　落了一地
一股熟悉的风　吹进鼻孔
一张饼　卷紧微山湖的骨肉

逆流而上的鱼群　正好经过家门
网　晾在岸上　风　起起落落
天黑了　一只只鱼眼在头顶游来游去

风吹来

挣脱捆绑的绳索　一路奔跑　我来到了微山湖
稻田轻摇大地　身后漆黑的高楼雾一样散去
扑面而来的香气浸透脸颊　我还在熟睡
湖水深处的天空　一群鱼追逐着另一群鱼
用力把渔网抛向空中　太阳直射过来
丝丝金色的波纹　在河泥上闪闪放光
摇橹声响起　我知道这是爹在提醒我什么
满湖的花开了　每一朵都有不一样的名字

给一位盲人

盲人姓刘　排行老二　村里都叫他二瞎子
住我家房后　中间隔一个长满藕的池塘

冷也好　热也好　拉段二胡夜就深了
听见二胡　我就想象他的动作　神情
想象　黑暗的底部　一汪泉水涌上来
我一直担心胡弦　被黑夜磨断了

都知道　他每天一步步赶去的地方
他不需要引路　一根木棍是他的眼睛
一个人站在湖堤上　仰着头　一动不动
风吹来　吹动他野草一样的头发
那一刻　他庄严地呼吸着微山湖的气流
身体透明　如同我看见的某一个黑夜

后来我离开村子　后来听娘说：二瞎子走了
我想　他走之前　一定在湖堤上数算了不少日子

幻

微山湖上　这些生灵　开花了
绿了　红了　黄了　白了
阳光摇晃着一粒草籽的声音
头顶的翅膀一会儿高　一会儿低
云朵在湖底游动　鱼群在天空呼吸
微山湖的面孔荡漾开来
我知道　这一切　都在我的体内

一壶酒的喜悦　与我醉了的脚步一样
有深有浅　偶尔抬头　一句方言
落入水草深处　一株庄稼站在娘的坟前
渔火照亮了我　也照亮了我的忧伤

水牛从河里伸出头来

村前　东西走向的小河
不宽不窄　不深不浅
水牛　从河里伸出头来
整个夏天　喘了口气

蜻蜓在蒲草尖上打盹儿
鸟儿翘起尾巴在牛背上张望
云朵和牛犄角的影子　沉入河底
水藻中的鱼儿　呼吸着　蓝天

水牛甩下尾巴　又甩下尾巴
没人注意　涟漪消失在何处
水牛反刍的时间　在河水中流淌

水牛闭着眼睛　听　风吹来
记得　我不止一次骑在牛背上
不紧　不忙……

老房子

你一言不语　向着阳光
向　迎面吹来的风　致敬

屋檐下　你什么都好
精神头好　身子骨也好
出出进进的人　明亮起来
我想好了　老房子
百年后把你葬在南地里
给娘烧纸时　也给你上香

门前那条结冰的小河

门前的小河　一入冬　就结起厚厚的冰
陀螺一圈圈追赶着白霜上的小脚印
红扑扑的脸蛋儿　一扭头朝向我
这个季节　老屋出奇地精神
房檐下的鸟儿并不吵闹　小河同炊烟一起飘远
风高过树梢　高过房顶　在冰面上旋转
我并不知道热气腾腾的流水　正蠕动着　旷野的根

一座桥

和往常一样
桥头的狮子晒着太阳
花草的根伸出岩石
飞鸟　牲畜的叫声传来

站在桥上
一个人从对岸望过来
月圆月缺的桥洞　是一扇窗
清晨　阳光早早地来到水面
鱼儿游动的波纹　摇晃着石桥
石桥一直醒着
石桥习惯了这份安静

听了那声炮响　爹的耳朵失聪了
碎裂的石块　迸向空中
开出一朵朵鲜红的花

而今　我将

一尊布满伤痕、深陷污泥的石狮
失散在荒草里的石柱、护栏抱回家
八十一岁的爹张大了嘴巴
最后一颗牙　也无声地脱落了

屋檐

屋檐张开翅膀　越飞越高
那儿没有家
那是一条没有尽头的路
我抬起头
悲伤地站在原地

一滴水落在脸颊上
我知道一定是下雨了
又一滴水落下来
我知道一定是冰雪消融了
有时　我的耳朵追赶着铃声
听　风吹过发梢
有时　我的目光跟着云朵
看　瓦蓝的天空

真想这样的日子
我却不能给予孩子们
他们仰望的瞬间
我的心里一片空白

爹

天冷了　看清了风的方向
就看清了通向家的那条土路

爹的老屋　菜园　荷塘　树
沉浸在冬日阳光的醉意里
日子是时间腌制的一碟咸菜
爹端起杯　一口饮下火辣辣的酒

爹对我说的几句老话
一遍一遍　一年一年
如今　我也成了爹
知道了坐下来陪爹说说话多好
爹　我　越来越像您了

娘入土了　老屋一下掏空了
爹独自守着一盏灯　和满屋的光亮

仰望黑夜

一个人　看黑夜　一滴滴落在脸上
一双温暖的手近了　近了
满天的星　点燃黑夜的黑
在爹的菜园里仰望亲切熟悉的黑夜
还是老样子　我却什么也不能带走

回家记

田里吐出新绿　风吹来
村庄　树木　你依偎着我　我依偎着你
小城周围的路　宽得让人心慌
庄稼的气息　一头一头撞进怀里
是的　我双腿发软
一茬一茬小麦　水稻就在下面
我担心　一脚下去踩疼了娘的心

河对岸

河对岸　是一园子西红柿
香气一开春就飘过来
浸透房屋　小院

一朵黄花　开了
一朵黄花　落了
西红柿又大又圆
毛茸茸的露珠粘住我的视线

提着篮子的女孩儿
发辫一会儿在水里　一会儿在云上
直到今天　一抬头　还是清风拂面

我想　那抹红　就要溢出来了
一股一股在舌尖上旋转

表姐

我赤着脚　站在河堤上
表姐回过头来　我还站在那儿
鸭子一无所知地觅食着虫藻
河堤上的树　草丛里的花
一刻也不停息地生长

表姐和我都十二三岁
那时　家里养了一群鸭子
整个夏天　我就是河里
一只无拘无束的鸭子

表姐穿着花裙子　粉红色的凉鞋
在河堤上奔跑
直到今天遇到长相像表姐的女子
我都忍不住多看几眼

拾麦子

一串小脚印　回过头来
麦茬地里　阳光　荡起波纹

麦穗　一尾嬉戏的鱼儿
地头这边　地头那边　跳来跳去

一弯腰　一粒种子播进土里
回家的麦穗　深呼了一口气

棉朵

走进秋天的棉花地
围拢过来的棉花
一朵一朵　开得让我屏住呼吸

风吹来
日子　是一片飘起飘落的棉花
一朵一朵　沉入眼底　滑过脸颊

棉花尽情地白　尽情地白
一朵一朵　白得让我说不出一句话

给娘烧纸

在城市坚硬的地面　画个圈　留个门
门　朝向鲁西南　朝向娘熟睡的麦田

娘走了五年　我给娘送了五年纸钱
纸钱燃起火苗　火苗是娘手中的蔬菜

一身布衣的娘　举手抚了抚头发
潮水扩散开来　质朴的光线渐渐泛黄

六十六岁的娘　一转身走进青枝绿叶的菜园
一滴露珠扎根在泥土里　模糊了我的视线

站在鲁西南平原上

一

沾满泥土的鞋子　生了根
守着老屋　不愿离开半步

二

村子外是庄稼地
庄稼和庄稼人　一前一后走来

站在鲁西南平原上
喊一嗓子　再喊一嗓子
麦叶上的露珠　眨了眨眼睛
哪一朵花儿是我的脚印
哪一朵花儿是我的声音
那个瞬间　我的眼前一片漆黑

三

看看　六月的麦田
一株株　一片片　从头到脚　从近到远
麦梢上的阳光　一滴滴落入泥土
一口　一口咽下的粮食
一粒是爹　一粒是娘　胖了瘦了

四

麦秸垛　是麦子最后的言词
扎根一马平川的鲁西南
烧成灰　根不断　生成烟　魂不散

五

醉了　才看清模糊的神情
醒了　才知道迷失的光景

守灵

2015 年 11 月 26 日晨　爹走了　享年八十四岁
按老家的风俗　儿女守灵三天　第四天下地
大哥二哥　我　二叔三叔家几位堂弟　姑姑家表哥
披麻戴孝睡在灵棚　长明灯亮着　香不能灭了
都说爹喜见人　说走就走了　没拖累儿女
爹在最后的日子　画圆人生的句号　留下名声
爹躺在灵柩里　香烟缓慢地升起　似乎寻到了合适的去处
好多年没和爹这么近了　娘走后　爹一个人守着老屋
十多年来　黑夜和寂静　在村子的最南头长出一片绿色
紧靠着成片的麦苗　蔬菜和祖坟　季节的风吹动树梢
呼吸声听不到了　我却能感觉到一缕气息还在屋内
还在我的身体里或者骨缝间　以另一种方式存在着

月亮

爹走时赶上了好天气　月光将黑夜洗白
走出灵棚　呼吸时间过虑的寒冷　寂静
头顶上的眼神　一把将我拉入怀中
大雪增加了房屋　村落　田地的厚度
雪地里　一条颤抖的河淹没了我的身体
影子好久没这样清晰了　背对着世界
我却不能将它翻转过来　辨认这张面孔
你伸手打开天窗　让我一时睁不开眼睛

坟

麦地里的积雪淹没了我的双足
这个冬天我要亲手打开一座坟
让爹娘重新回到散发着青草气息的日子
一层一层挖下去　记忆　光阴溢出眼眶
娘的棺椁安好　我看见一粒粮食熟睡的姿态
2005 年 6 月 30 日　送走六十六岁的娘
2015 年 11 月 29 日　送走八十四岁的爹
爹娘分开十年后　又聚在了一起

祭父帖

爹生于公元 1931 年　也就是民国十九年
爹念过私塾　识几个汉字　旧时毛笔书写
记得　爹酒喝尽兴了也会挥毫写上几笔
爹挨饿　逃荒　要饭　熬着保了一条命
1950 年　作为新中国第一批义务兵参军
1957 年　响应号召转业支援地方大炼钢铁
成为冶金工业部“鞍钢”的一名钢铁工人
爹有点儿文化　又在部队大熔炉锻造了几年
来往的人也多喜欢谈古论今　吟诗作赋
爹端起酒杯　偶尔也会唱上几句京剧花脸
爹喜欢下象棋　常有好棋者慕名登门对弈
爹偶尔也下上几局“盲棋”　为年轻人助兴
爹在里间屋　外间对弈双方有一人代爹下
对方怎么走　有观棋者传话来　爹了然于心
再告诉传话者如何走　若干回合　每每必胜
1969 年　爹随“五七”干部下放回了鱼台
（爹没当过领导　只是赶上“好听”的茬口）
那时大哥不满十岁　姐姐和二哥还没上学

我还在娘肚子里　想想就知道爹有多么不容易
爹是炼钢工人　到县砖窑上自然成了大师傅
这些是听娘说的　娘走了　爹也经常说起
八十年代落实政策　爹去有关部门反映情况
因手续丢失等原因　跑了几趟没结果　就认命了
为这　小时候我们没少埋怨他　爹也不解释
只是一杯接一杯喝酒　一根接一根抽烟
爹秉性刚直　好与领导理论　注定了人生方向
在爹眼里当个老百姓最干净　最有人情味
爹好酒　一天一斤烧酒　早中晚都要喝上几杯
不管多困难　不吃饭也得喝酒　也得吸烟
这习惯去世前十几天依然保持　并且量不减少
爹好交友　年轻的　年长的　对脾气就好
每逢年节　爹和老友喝到高兴时　还会写上几副对联
作为庄稼人　爹是失败的
作为城里人　爹也收获不大
爹听力一年不如一年　我们多是通过沉默交流
爹眼不花　思路清晰　咽气了我都觉得他是清醒地走了
爹常说　毛主席那个年代干部好　心里有老百姓
爹没接触过干部　更没见过大干部　不知结论从何说起
爹认为如今的医院最坑人　至死不打针　不吃药
临走前　爹见证了大孙子的婚礼　看着孙子　孙子媳妇
眼角溢出泪水　爹已不能说话　第二天一早就上路了

麦子黄了

一棵麦穗　和另一棵麦穗浮出地面
一口呼吸　和另一口呼吸紧贴胸口

浓了又浓的风　化入了泥土
一束阳光又一束阳光被我吮吸到体内

爹娘的坟在前面田垄里　我什么也说不出
靠近六月的麦田　不紧不慢地走向地平线

跟在身后　你的目光洗去我一身污垢
我抬起头　天空中的麦子也围拢过来

麦收

麦收前　爹将镰刀磨了一遍　又一遍
俗话说　抢收麦　一变天庄稼就霉到地里了
再好的收成也只能眼巴巴地望着　就遭灾了
割了麦子　捆好　扛到地头　再运到场上
脱壳　扬场　晒干　收到囤里才能喘口气
毒辣的太阳烤干了身体　嗓子干得说不出话来
爹领着哥哥、姐姐和我　一车一车往场里运
那时候我们还小　身体像麦秆一样脆弱
绳子在肩上勒出血痕　乡间小路气喘吁吁
多好的天气　每一捆　每一车都热气腾腾
一粒粒麦子有着烫人的温度　我不敢靠近它们
有时路过一片树荫　我们会停一会儿喝口水
一阵风吹来　至今都让我想念村口的那棵老树
地排车还在路上　只是老路已被新路埋在地下

卷二　人间

一种让我动情的白

一

山腰的小木屋　那是一种让我动情的白
很多时候　我都沉浸其中

一抹颜色　山上山下转了一圈　又一圈
丝丝缕缕的光　或长或短　或深或浅
一个人的身影　在岩石缝隙里　长出根须

那人真好　每天和树一起入睡　醒来
即使在最寒冷的日子也有温暖的梦　守着

二

揉一揉眼　看清了一树摇晃的阳光
站在那儿　从头到脚粉白　粉白
天空下　一股墨香在林间流淌

谁都没有开口　一些话语扑面而来

抬起头　一朵云　缠住了树梢
我想让风陪陪我　风就来了
听听　那些声音　我从来都不是一个人

三

像棵静止的树一样　说些心事
雨水　阳光　绿了这首诗的枝叶

风　吹开一朵浪花　一扇窗棂
泥土　根　静静地侧起耳朵
远处　或者近处　一粒种子伸长了脚趾

像棵静止的树一样　日子高贵　尊严
你苍茫地展开　越飞越高
默默地　举起温暖的手

四

回家的路上　你总是迎面而来
你不想知道河水　苍天　怎么看你
你的目光　在地下　在树梢
你不言不语地为我引路　让我靠近

我知道　村前的路口　村后的河堤上
你正卑微　庄重地踮起脚尖
风　静静地吹来　告诉了我

五

低矮的房屋　庄稼围拢过来
你的神情　和年迈的爹娘一样
我与你近了　更近了
我寻找的根　在头顶　天空　发芽了

沿着一棵又一棵树进入阳光
进入通向阳光的路途
多想抱紧你　年轻的妻子　年幼的孩子

丁香书

一

我想知道　你　这会儿看见了什么
石板路还在山下　等着那个踏响石头的人
嗒嗒的蹄声　近了　空气浓得让人窒息
你开了　春天不为人知的一瓣　或另一瓣

二

侧起耳朵　听　日子缓缓降落　升起
泥土里的影子　一地月光浸透了面孔
穿过一扇门　又一扇门　手指轻了又轻
风吹来　吹动你　水汪汪的眼睛

三

呼吸一口　再呼吸一口　一滴露珠摇晃

天生的清澈　天生的白　看看你
青枝绿叶的光景　一股阳光的潮汛涌起
一个声音　醒了　一个人浮出安静的流水

四

一盏灯　亮了　丝丝缕缕的发香飘来
眼里停了一会儿　胸口上停了一会儿

和以前一样　不能放下这一朵　还有那一朵
每一朵都有我的体温　每一朵都是我的灵魂
这场春雨真好　一滴不少地落在我脸上
落入尘世　它抚慰了我　也一定抚慰了另一个人

柳

风轻了　梳理发丝的手指　唤醒我
五月　我也想抚摸你的名字
阳光沿着低垂的柳枝溢满掌心
更近的天空　是我心里的颜色
再明亮些　就是你眼中的一滴水
让我呼吸　让我颤抖　让我流淌
你的身体　起落　摇摆　荡漾
一枚柳叶和另一枚柳叶　是你的眉
我嗓子哑了　你的话语粘住了我的唇

槐花

叫声槐花　一身的气息溢满了春天
整齐的牙齿　含一口芬芳的花蕾
你的开放　是一场不一样的爱情
清澈见底的日子　濯洗了漆黑的身影
五月　这场雪铺满树枝　旷野　村落
每一朵都噙着露水　在我的身体里
山坡是我的身体　溪水是我的身体
那么白　那么亮　那么甜　那么香

五月

跟着风走吧　累了就停下来
不要快　不要慢　跟着就好
大地上是这样　身体里也是这样
人间最好的声音在花瓣上颤抖着
泥土里洁白的根须　也是最亲的语言
一根神经的触角　汇成并不清晰的河流
你清楚每一朵浪花　出门了　不要怕走远
让我带你去一个容易迷失的地方

坐在江边发会儿呆

坐在长江和嘉陵江的交汇处发会儿呆真好
江面弥漫的气息近了又近　浓了又浓
注视自己的影子沉入江水　缓缓流走
风吹动我的头发　消了我一身的热汗
这会儿口渴了真好　犯困了就睁眼睡一会儿
不用担心错过什么　掬一捧江水洗把脸
这样触摸一个至亲的人　一朵浪花上岸了
台阶上那件外衣　一定感受到了我的心跳
明亮的日子　一粒尘埃也有着干净的面孔
朝天门　你是这样高贵　你是这样卑微

台阶向上，小巷悠扬

在山城　和一层层向上的台阶相遇
是约定　也是人间一段多好的姻缘
巷口　或者更深一点儿的巷底　那个拐角处
眼里的一汪水　晴天　雨天　都浸在空气里
追寻的身影　正穿过一缕或浓或淡的雨丝
想象一朵浪花　一团墙壁上飘起的根须
日子　晾晒的心情　薄薄的雾纱　轻轻荡漾
我举起手想抓住什么　最近的窗口　屋檐
风吹来　台阶上刻写的名字悄无声息地发芽了
仰起头　回家的脚步　一滴滴落在我的脸颊上
像往常　我走上一层台阶　又走上一层台阶

山城的阳台

民国的路牌还在原处　颜色淡了一点儿更合我的心意
沿中山四路向东过重庆市委一片老宅院　过桂园
过墙壁和岩石上蜿蜒的一丛丛树根　和空中的落叶
人行道的方砖　青石被一种气息浸透了　氤氲着墨香
空气温润却不潮湿　一些浓密的光景开始生长　返青
十一月的山城　风凉丝丝的　吹动我的来路和归途
曾家岩的周公馆　办公兼宿舍的床铺　令我一阵隐痛
时间碎成空白　碎成模糊的光景和渐渐消失的痕迹
有人在山城的阳台上喊我　如同光阴静止了　这个瞬间
你推开窗子　街巷　高楼　大江　峡谷　贴紧我的脸颊

妹子和小面

在重庆见到妹子　吃到小面　就不舍得走了
山城因为我的来去　又多了一个相守的日子
在江边的灯火里　妹子和小面一样赋予我狂想
妹子的方言　和空气的湿度一样接近我的心情
天气　水土　美食出落了妹子　也给哥哥胃口
哥哥去朝天门的路上　满街巷的小吃都围着妹子
这不是一碗小面　一份豆腐脑的情分　我是哥哥
小面　我一定要辣的　妹子笑了　望着我笑了
我大汗淋漓　至今都觉得过瘾　又不好意思

一个用背篓背孩子的女人

2015 年 11 月 10 日上午 9 时 05 分　确切地说
这个时间我站在重庆市涪陵区一所宾馆的阳台上
女人从对面的山坡上向我走来　距离很近了
一片不能再小的菜地　让山坡也显得娇小了许多
菜叶上的光亮停留在女人的脸颊上　又照向这边
女人年轻　能感觉到她正顺着我的眼神寻找什么
风吹来　山坡上的蔬菜　树木　青草　抖动了一下
女人的身子也一样　背篓里的孩子睡得正香
午后　我躺在床上小憩　听见山坡上有男人在喊什么
就想起用背篓背孩子的女人　想象那个女人的声音

家离这儿不远

想着你　这会儿正好站在老街的屋檐下
身后是扇发黑的窗子　头上有树影　或者云
没抬头　只是感觉到了　很多时候我都这样
直立着的汉字牌匾　还是那么结实　让我依靠
一股泉水和另一股泉水相遇　那么安静
禁行车辆的窄路　步行过来脚下就生了根
风　吹动你的眼神　阳光洒在一个熟悉的地方
让我考虑一下　这话　对你说还是不说

今天，或者以后

站在二十层楼上向下看　城市碎了
地上的深坑打起旋涡
旋涡昨天就很大　很深　很急了
今天更大　更深　更急
屋脊　房梁　椽子　瓦片　碎了
窗前的灯光　碎了
女孩儿梳辫子的梳子　碎了
一群一群蚂蚁的脚步　碎了
我知道还有什么碎了　我听到了
黑夜　不再像我想象的那样坚硬

大明湖

泉水流到这里　发酵成酒
醉了我　也醉了满城的人家
端起杯　湖心一波一波涟漪醒了
小岛荡漾开来　杨柳　荷香荡漾开来
沉入湖底的阳光　是光景　也是种子
一朵云吸足了水分　至今还没上岸
星子　和一枚不深不浅的月亮　发芽了
桥头的狮子　还是望着不远处的屋檐
风　贴着钟沿　吹响　明亮的灯
周围的高架路　快速道　拥挤　嘈杂　沸腾
水面显得更加深远　我们都不说话
和以前一样　让时间一步一步慢下来

题《鹊华秋色图》

济南的秋天短了　短得让人连个囫囵觉都睡不了
今天有点儿疲倦　酒才三巡　对面这位已有了醉意
水酒里的眼神　面孔　呼吸　静静地流淌过来
和当年一样　一抹金黄的光泽　溢出胸中的醇香
潮水还是那么高　从一张宣纸上一层一层涌起
小路伸长了触须　爬上房舍　和远处的地平线
空中旋转的一枚落叶　荡漾着旷野扑鼻的气息
七百多年了　卷轴里的风　一直吹过水面　树梢

元世祖的龙袍　松雪道人的布衣　都是图中颜色
当朝的好酒　从至元二十九年（公元 1292 年）发酵
不说了　酒已满上　宫廷的酒也好　民间的酒也罢
手中的这一杯　是一声叹息的谜底　我先醉了
松雪来济南时不过三十八岁　我们年龄相仿　这是缘
一眨眼三年　风景还是这边好　绿了黄　黄了绿
目光深处　美酒晃动的一汪水墨丹青　上路了
不说了　真心疼你带着这腔醉话　开花　结果

骑马坐轿去鹊山和华不注山就一壶茶　一顿饭工夫
而今怕堵车　步行真好　想想松雪醉酒的样子　乐了
松雪在水边　手持一根钓竿　眼前的秋有了些凉意
没有了水　渔舟　鸥鸟　树木　牲畜　村落　我迷路了
松雪离开济南那天　我没能赶回来　错过一次别离
我的这首小诗　比不了当年那杯浓酒　我揉揉眼
越过钢筋混凝土的丛林　那幅《鹊华秋色图》陷入苍茫
烟尘　雾霾　空气里　济南模糊了　如同我目送的这个人

君不见黄河之水天上来

君　你的夜　浇灌了庄稼的视野　日子的醇香
君　一路上的星光腐朽了吗　明月入土为安了吗
少女衣袂上的花　落了
风　吹动果实
一抬头　云朵孵化的小曲　沉吟了君的琴弦
君　你的笑容　悲伤一点儿没有减少　只是更清晰了
一缕阳光醒来　你的呼吸刚好停在我的胸口
君　昂首饮下七尺之躯　饮下一个人的天上人间
君　比我早　济南洛口和我一样　目送你扶摇而去
君　话都收好了　有一壶酒还在体内高高举着
一匹马还在血液里奔腾　醉就醉了　醉了也是君
种子在娘心上蠕动　君　你早就该是个沉默的人

上善若水

心里睡着的一句话每年要醒上几回　在济南的楼群上打哈欠
伸手摸一把黄河大坝上乘凉的岩石　和我有着相似的体温
诗人不说话的时候真好　以另一种方式传颂着沉没的声音
我听见有人在与黄河对话　风　吹动上清湖　鹊山　金子的光芒
一只小羊跪在河滩上　一头一头拱着母乳　青草散发出香气
感受了万物肃静　我说不出口　只能一个人走在回家的路上

洛口留影

二十年前　火车过济南黄河大桥已是深夜　窗外一片漆黑
那年我刚二十岁出头　车厢里人们都在睡觉　我没有
车轮碾轧钢轨　咣当咣当的声响　一下一下颤动我的心
那年我没有结婚生子　甚至没有经历一次像样的恋爱
没有一次让我无法入睡的约会　总之　这些　我充满渴望
一下火车就赶往洛口看黄河　有个师大的女孩儿专门为我照相
能感觉到女孩儿喜欢我　照片有点儿发黄了　景色却鲜亮了
当时的确年轻　现在看看有些难为情　辜负了多少大好时光
今天又来到洛口　诗人们混得还不错　不像人们说的那样
上午阳光灿烂　下午小雨淅沥　没人导演这个有点儿浪漫的过程
有人提议合影　我有点儿感动　不是想哭　只是想起了一些画面

风吹过燕子山西路四十六号

太阳的红从树梢浸入脸颊
一股液体晃动模糊的枝叶
一朵浪花在眼前泛着光亮
天黑了　邻近的烧烤店　小酒馆　热闹了
嘈杂声高起来
作为常客　我的声音也夹杂其中
飘向不为人知的地方
燕子山西路四十六号在不远处
伸手梳理起一缕烟火气息
我有点儿孤单　这不影响日子的颜色
和这首诗的味道
偶尔忧伤　只是多喝了一杯水酒
这些年来头发逐渐稀少
这是个说不出的痛
曾想在那片开阔地上播种些什么呢
我抬起头　远处飘舞的树林　风吹过楼顶　窗台
我的眼睛

沿着向上的台阶
我不止一次站在燕子山顶的岩石上
我并不知道想什么　好多年都是那样
一个人站在那儿
城市　街道　车流　远处　天空
以及蚂蚁一样蠕动的行人
从 1993 年冬到 2013 年春
我呼吸的空气就是这样透明
唤我“丈夫”的那个女人
我不得不承认她的勇敢和善良
她一无所求　甘愿做我的妻子
给我诞下一对双胞胎儿子
作为一个平庸的父亲
我每天都想和孩子们贴贴脸
听见孩子们诵读唐诗宋词的声音　我停住手
把这种想法藏起来
在我写下这首诗的时候
一些事物已经永远从地球上消失了
没关系　在另一个路口
一片树林给我留着门　亮着灯

说到这里
我看见停留在 6 号楼 401 室屋顶上的一滴雨水
或凉或热的根　深入纸一般的内心
现在装订起来翻一翻

一切刚刚开始
燕子山西路四十六号的一砖一瓦都属于我的诗集
比如今天　我就掏出了这把钥匙
像往常一样打开门
地上伫立着孩子们用积木垒起的城堡
窗帘上的花安静地开放
熟悉的呼吸声响起
一根脱落在地上的头发放出黑色的光
还是以前的样子　一句话没有说完
一杯酒醉了　一杯酒醒了
我能回来　离去
我诗中的青草正在那片消失的地面上被风吹动

玉函路、舜玉路交叉口

玉函路是一条南北干道
舜玉路是一条东西小街　很短
两条路就这样在济南市市中区偏南一点儿
亲切地交叉而过
我的窝在舜玉路西头七里山下
东头是山东财经大学　两个大院对门
2013 年 5 月 1 日起
出门就要经过玉函路和舜玉路交叉口
过交叉口向东约两百米路南是舜玉小学
俩孩子在这儿上学
大的二年级五班　小的二年级四班
每天早晨　七点四十至八点这个时段
你准能看见
一中年男子领着一对八九岁双胞胎男孩儿来到校门前
那就是俺爷仨
还好　我上班　孩子上学　都是这个路线
距离不过十分钟　送了孩子
再沿着舜玉路至财大右转南行几分钟就到单位了

上班也好　上学也好
爷仨一早经过交叉口　便开始各自的忙碌
遇上堵车　红灯会不耐烦
绿灯　畅通会小欣喜（我和孩子们一样）
晴天阴天　刮风下雨　什么天都好
爷仨说了些什么　记不清了
日子里一种看不见的气息在三个男人中间
一天一天浓起来
还有个女人　我的妻子
打发我们走后　独自开车从交叉口左转向北
她的单位不远　在玉函路北首
体育场西邻　顺时也就七八分钟
生活来来回回
在这个交叉口流淌　穿梭　旋转　一片模糊
知道这是目前的必经之地
有时觉得无奈　有时觉得有点儿悲伤
今天　我觉得不一样了
有点儿感动　只是一时还有点儿说不清楚

感恩书

望着孩子背着书包走进校门　温暖围过来
心里的话一天天扎下根　小树一天天高了
好多年　没看看那扇窗子了　此刻就在眼前
分分秒秒　折射出一片天地的风景　信息
远处的天空　山峦　树木　在胸口上响起

阳光在玻璃上停了一会儿　一闪一闪地跳动
讲台上年轻的老师　伸手理了理额前的发丝
银杏树绿了　黄了　教室里有了光阴的气息
很多时候　想说些什么　我跟孩子们一样
用心一步步丈量着校园和家门之间的距离

看清楚了　操场的跑道上　孩子们跑过来
风吹起头发　我听见了他们的呼吸　心跳
一首古诗　一篇课文　一道数学题　一个单词
孩子们阅读的声音传来　有时真想凑过去听听
翻开洁白的纸张　汉字结实的骨架有了韵味

作为父亲　我感受到了禾苗在田野上起舞
翅膀展开　孩子的脚印　这是我喜欢的去处
聆听那里的声音　我有时感动　有时惭愧
每次路过舜玉路小学　我都把脚步放得很轻
我知道　孩子们正眨动一双双明亮的眼睛

梧桐花开

梧桐花开了多日　没告诉任何人
我是在等一位朋友　你却知道了
和春天近了又近　一抹内心的红　或白
和窗口一样高　花蕊里的语言弥漫过来
空气　风　最先唤醒这短暂的距离
一场雨水过后　年轻的父亲多了一个想法
开始选择属于自己的墓地　日子的另一头
一道下酒的小菜扎了根　你也一样
悲伤就要到达地面了　这比在心里好受多了

一串“白玉蝉”

老街上　我仰起头　层层叠叠的翅膀落下来
风　吹动屋檐　地面　吹动我的头发　衣袖

寻了二十年了　我一眼就认出了这串“白玉蝉”
二十只小精灵　成双成对　脸贴脸　面对面

这之前　我一直担心这辈子注定要错过了
“白玉蝉”一路飞动　日子　云朵　蓝盈盈的天

“白玉蝉”的目光里　我听见了孩子们欢乐的话语
绿荫　湿了泥土　闪闪发光的流水渐渐远去

“白玉蝉”飞来　沿着我的一圈圈指纹爬上树梢
伸手捧起正午的阳光　听　你的声音传来

芙蓉街

芙蓉街是济南的一条老街
老到哪朝哪代　我说不准
今天　芙蓉街如同一位羸弱的老人
只剩下一副骨头架子了

灯亮了　芙蓉街疲倦地匍匐在地面上
我站在那儿　一股凉气从后背上冒出来
说实话　不是害怕脚下的影子
我揪心　天亮了　什么也看不见了
就像我现在站在这里一样

梅花

风雪里　它一点儿也不冷　那么红
呼吸　话语　淹没我的胸口
我们的天空　都有白天黑夜
日子　依然停留在房前屋后
我们生长的年代一样　年龄相仿
不同的是　它是一朵梅花　我是我
好多年过去了　我常想失去了什么
梅花　在我酒醉的时候扑面而来

玉兰颂

比如今天这雪白的等待　阳光浸透了你的脸颊
雨水来得真好　一滴在夜里发芽　一滴在清晨开花
泥土里的根也好　让我听见了深埋人间的声音
我的身体也好　心跳在一片无声的音符里醒来
你还是你　一缕风徐徐地吹送　吹送盈盈的眼眸
我的脚印还在那儿　这是我和春天不得不说的话

荷花

一眼认出了你　我熟悉的微山湖
风吹来　你低头抬头的样子还停在水面
粉红的气流　一会儿在眼前　一会儿在天边
沉入流水　听　一条鱼　一朵云　游来游去
涟漪醒了　细了又细　一步一步荡向深处
荷　开满微山湖的日子　一场雨水低了又低
一粒粒白玉的珠玑　在荷叶上旋转着光阴
哗啦啦落入湖心　至今我都忘不了那些声音

向日葵

阳光来了　你抬头
黑夜来了　你低头
我　来了　你敞开心扉

兄弟

一眼就认出来了　可以肯定
你　来自哪个县　哪个乡　哪个村
城市里　你的枝叶是我敏感的神经

今天　你望着我　我望着你
你身上缠绕的绳子　捆住我的呼吸
支撑你的脚手架　夺去了我的双腿

风吹来　低头和抬头的瞬间
根　深入钢筋混凝土的黑夜
你还是你　伫立着　阳光　山峦　旷野
梦　一点点移向深处　深处

老树记

沿着根须　进入一圈圈年轮　一场场风雨
一层层浪涛　或者阳光　奔腾的大河

老树的血液　浸透春天　浸透闪电　雷霆
深埋泥土的翅膀　擦亮锋利的骨架

一个人的心脏　一个人的目光　一盏熄灭的灯
越走越远的背影　举起岁月　举起大地

鸟儿和从前一样　蹦蹦跳跳　婉转悠扬
一朵云来了　你满口的方言还是那么亲

苹果红了

一棵树　沉吟的誓言
从你的体内　洇染开来
苹果红了　一年一年说着同样的话
苹果红了　我终于回到　你的身边

马路边的长凳

马路边　再靠边一些
一条长凳和我对视了一眼
微风里　一圈圈扩散的年轮
淹没了我的呼吸
你静静地抬起头
我知道　你曾经是一棵树
你望过来
你一定想提醒我什么

秋白菜

装满秋白菜的三轮车　一定赶了不少夜路
男人开车　女人坐在高高的车斗上
红头巾上落了一层白亮亮的晶体
在早晨的阳光里一闪一闪　我确信
有一缕　折射到了我脸上　我突然觉得天冷了

知了

知了是我的孩子
我听清了喊爹喊娘的声音

知了是我
跪在树枝上　流着泪唱一首夏日的歌

知了是一朵云彩　飘过树梢
这一刻　抖动透明的翅膀

致威海

闭上眼睛　心漫漫下沉
一朵花儿在水下开放
一湾海水揽紧我的身体
鱼儿　贴着我的肌肤游动

你站在若有若无的风里
吻湿了远道而来的我

红月亮

如果不是我亲眼看见了红月亮
我不信
如果不是我深知这个世界不会升起红月亮
我不信
我的红月亮升起来　升起来
从午后到黄昏　到黑夜
我的红月亮就这样在今天升起
面对一双双红红的眼睛　我的红月亮羞红了脸
这是我永远忘不了的脸蛋儿

听小提琴演奏

首先我是一把小提琴
首先是一把小提琴在演奏
首先是这一刻
首先是你和我

一杯酒，被风吹成一座古老的亭

今天　这样靠近我才好
从正午开始　从举起酒杯开始
从这座木制廊桥下的流水开始
一杯酒　被风吹成一座古老的亭
吹成弯曲的山路　葱翠的树木　坚硬的岩石
一杯酒　几碟小菜　就是一个不一样的春天
我能感觉到这一刻　风吹着我的热血
整个午后　对面的山坡被吹得哗哗作响
我只是听众　听你一声声沉入杯底
今天　不论是来　是走　都要斟满

那天喝着喝着就醉了

我和冷海卿经常喝闲酒
酒杯一举　对我们俩来说是件畅快的事

今天　我们一前一后来到小酒馆
坐在老位置上　先是白酒　后是啤酒

起初　没觉得喝了多少
记得　冷海卿以李太白的口气干了一杯
来了句“唯有饮者留其名”
这位仁兄常常认为他的量稍胜一筹

后来　我问冷海卿　那天我怎么醉了
冷海卿问我谁醉了　我们一笑又干了一杯

不错　那天我还能从深夜的小酒馆出发
一步步到达那个钢筋水泥浇铸的盒子
我无意中抬起头　看见一扇窗户亮着
如同李太白的月亮　我想　这回真醉了

我病了

我就是喜欢打扫房间
与高不高兴　房子大小　没关系
一根头发　一粒灰尘
都是我坚决清理的对象

我一直想
在窗子上安装一个过滤器
把进入房间的　肮脏的白天　黑夜
空气　风　光　声音　一一净化
这样会省去我很多烦恼　因为
我常常像猎人一样　瞪圆双眼
在房间里寻找猎物
我甚至不能自拔
一日不打扫房间　食无味　觉不甜
面目可憎　精神萎靡　胸闷　恶心　缺氧
我甚至感到了内心的痛苦　忧伤

我觉得自己确实病了
挖空心思为打扫房间赋予深刻的意义
说实话　我为之欣慰的劳动和崇高认识
总让我觉得亵渎了麦田里的爹娘……

门柱

看见你脸上的一抹红
心就靠岸了　家和你一样
多远　都站在那儿
这与我喝多少酒没关系　你还是你
我上前抱住一根　又抱住另一根
我分明闻到了树木才有的气息
他们笑："甲戈醉酒，抱着女孩儿不松手！"
第二天我愧疚起来　第三天　第四天……

写给妻

妻
衷心祝你三十三岁生日快乐
你属马　1978 年 9 月 15 日出生
我属狗　先于你八年来到人世
2004 年 9 月 29 日　我们结为夫妻
2005 年 12 月 20 日　你顺利诞下
双胞胎儿子麒麒　麟麟
再过两周就是我们结婚七周年纪念日
再过两个多月
就是麒麒　麟麟　六周岁生日
妻　这些日子我都记着呢

妻　我是个诗人
今天可能又要喝多了
请原谅我在这个高兴的日子
只写了一串数字给你

我的孩子们五岁了

麒麒　麟麟　给你们说件很小的事
这是父亲在你们五岁生日这天写的诗
——题记

孩子们　给你们写这首诗
也是父亲想留下的记忆
你们出生了
我就和你们一起成长
不怕你们笑话，这是真的

孩子们　这是通向父亲村庄的小路
你们不止一次从这里走过
有你们的母亲和我为你们拍摄的照片为证
一年又一年　一岁又一岁
沿着这片水稻和小麦的田垄
你们回到微山湖和古运河的身边
这就是你们的老家
我看到了　就在你们头上

有一对高高的翅膀
那是一双慈悲的大手

听听　多么亲切的声音
冥冥中　萦绕在祖宗祠堂的上空
孩子　你们来了　来了

最初　我和你们的母亲
和你们一样恐惧
抓紧你们的小手　小脚
抚摸着你们的头发　身体
心　才能一点儿一点儿平静下来
我们关注天气　关注每一股热浪　寒流
以及　以前从没想过的陌生的事情

孩子们　对以后　我和你们一样恐惧
世上的灾难和疾病无情
你们最需要阳光　雨水
注视你们飞跑的脚步　风吹动的头发
孩子们　我必须告诉你们
父亲敬崇仁德　仰慕君子……

孩子们　你们五岁了
写下这首诗　父亲年轻了许多
是的　父亲从来都没觉得自己老

孩子们
这是父亲二十年前为你们写的诗
今天　你们读一读　我多高兴

孩子们
这是父亲三十年前为你们写的诗
今天　你们读一读　我多高兴……

十二月

十二月　这个月份真好　我代表全家向您问好
孩子们的生日是这个月　我的生日也是这个月
过了生日　是圣诞节　我知道你们喜欢这个节日
新年到了　这个时候心里总是泛起一圈圈涟漪
生日快乐　孩子们　生日快乐　我们全家快乐
是的　我肯定要醉了　这个日子醉了才有滋味
想想母亲　孩子们　我说的母亲是你们的奶奶
想想妻子　孩子们　我说的妻子是你们的妈妈
她们都是我生命中伟大的人　孩子们　你们也是
哈哈　我还没有醉　爸爸说的可不是糊涂话
现在一抬头　就能看见她们眼中那汪明亮的潮水
你们长高了　孩子们　光阴就像爸爸的这首小诗
一些日子走了　一些日子拥抱过来　和今天一样
十二月真好　外面越来越冷　我们心里一直很暖和

见字如面

要说的　是看到一张薄薄的白纸时的愧疚
纯蓝的字迹　恍惚间浓了眼前的一道光线
风　在手指上不停地抖动　目光一滴滴落下
空气里　波纹扩散着　一个不为人知的地方
姓名　地址　一站又一站　辗转在从前的路上
远去了　或者遗忘了的日子　风尘仆仆地赶来

是的　还是老样子　四双眼睛细细地端详
中国北方的丛林里　吹动大风大雪的长白山
二十多年前　我还是一个十七八岁的毛头小子
在一座营盘里　我不敢面对停留在额头上的眼神
揣进怀里焐到天黑　灯光下反过来瞧　正过来看
手指一个字一个字抚摸　鼻子一行一行呼吸

今天　无意中看见四张熟悉的　落满灰尘的脸颊
我知道这是唯一的联系方式　我取出干净的纸笔
把一家四口的全家福　寄给熟睡在麦地里的母亲

光在沸腾

光在城市的地面　天空　沸腾
光在城市的眼睛　躯体　心脏　沸腾

光　吞噬了黑夜的情感　思想　灵魂
光　夺取了黑夜的生命　土地　家园
光　在没有阻隔的大街小巷凶猛地扑过来
我眼前一黑　似乎死亡扼住了我

我的黑夜　静静地流淌着幼子的眼眸
那是我在城市里仅存的　清澈的梦
光在沸腾　黑夜孤独地守护着荒芜
而我　总是沉醉在对荒芜的想念里

她

她嘛　和我说的你是一个人
她不过是和我一样的我
我只不过是和她一样的她
我开始不愉快了　我觉得我很我
可是　我又愉快了
她也很她　她一点点打开她
想想要怪我　谁能比她更她
醉了　谁都一样　她也一样
今天　我没说话　她也没说话——还好!

2013 年 6 月 9 日

女孩儿说　昨晚睡觉前想了一首诗
今天想写　忘了　心里很乱
那是一首什么诗呢
我站在夏日的街头　阳光紧贴胸口
风的热浪　迎面扼住我
我难过得一时想哭
我知道为什么　可我不能说给任何人听
包括我自己　我觉得我是个诗人

写给济南

站在你的身影里　脸颊上的气息　醒了
风　紧贴着今夜的你　一圈一圈　醒了

一枚笑靥　一扇窗棂　一盏灯　醒了
小巷口　一根又粗又长的发辫　醒了
高大的树木　在路旁生长着　生长着　醒了

弥漫在窗帘　柳枝上的香气　醒了
一滴雨水　在额头上伸长了或凉或热的根　醒了
大明湖洗亮的夜　荡漾着　荡漾着　醒了

看到了　一个人的目光　一些话语　醒了
流来流去的泉水　弹起无声无息的琴　醒了

一只鸟在树枝上叫

2月13日清晨　一只鸟在树枝上叫
声音是那种用文字无法表达的好听
阳光确实好　风不经意地吹着
站在家门口　一切似乎退到了一个久远的时间
鸟　叫着　我甚至体会到了它的某种喜悦
扩散过来　撒在我的头上　身上
它望过来的时候　眼里闪动着一汪清水
这是我熟悉的一种鸟　我有种目送它离开的冲动
可是　它没走　甚至没有挪动几根树枝
我得承认　那一刻内心遗忘的什么被唤醒了

上阳台书

雨停了　打开窗子　听听呼吸
水汪里　一只鸟儿正溅起水花
一丝风滑过羽毛　安静地吹向我
身后是洁白的墙　我的心事也一样洁白
白是你的名字　流淌在我的血管里
古琴弹奏的《闲云野鹤》《渔樵问答》
近了　远了　想象你的面孔　身影
在一首诗中　一壶茶里　醒来
还是有点儿放不下　这不属于我　只属于孤单

玉米

九月的玉米和九月的天气一样明亮
想象丰满起来　玉米的高度　和
一滴水珠保持着最为亲近的距离
扑面而来的醇香盘旋在黑土地上空
风　一页一页将它们打开　翻动
一株玉米避开我的眼神　站在远处
看不清它的面孔　却看清了阳光里的日子
一穗穗玉米的呼吸飘来　正好贴近我的梦乡
北方的灯盏　在一片片玉米叶上闪烁
在哈北　在绥化　在松嫩平原的一角
插满旗子的地平线　正卷起九月的分分秒秒

红松林

山路一会儿弯一会儿曲　一会儿高一会儿低
雨水走走停停　远处的你多了几分缠绵
小兴安岭近了　一定是你让我感觉到了什么
我听见一朵云的喊声　在一枚细叶上颤动
它们生长着　以质朴的方言迎接了我
太阳斜射过来　影子停留在我的脸上
我能感觉到　它一点点移动的速度
身体　挺拔着　天空以外的画面
我一定猜对了　这是男人　那是女人

春天一晃而过

清晨　拉开窗帘　一粒水珠从空中翩然降落
伸手摸一摸它的路线　没留下一丝痕迹
云在山坡上　那里和春天一样容易醒来
我想　此时一定有个人和我一样抬起头
乌云落不到脸上　高处的冷　开出一地的花
来吧　门前撒下的草子蠕动毛茸茸的脚趾
不能不急　有人想在这片草地上和你约会

一片叶子的低唱

听见了　脉络里的流水　正停靠在你的眼角
抬头的瞬间　阳光的波纹荡起我的脸颊
一粒种子　同清澈见底的秋天一样透明
风的气息　最先浸透了这首酸酸甜甜的诗
一朵云飘过头顶　你的名字还是那么洁白
耳边的话语　弯了月亮　浓了夜色
露珠湿了指尖　我看见那件贴身的衣裳
浅吟低唱的秋　一朵又一朵浪花　来到岸边
热带　温带　寒带　大陆　海洋　岛屿
更广阔的区域　也分布着我身体的敏感神经
一枚果实低了又低　琴声或轻或重地吹来
绿了黄了的分分秒秒　起起落落的分分秒秒

我们爷仨登上滕王阁

我们爷仨
登上滕王阁
这层前面有人
这层后面有人
风吹过衣袖
停留在孩子们的面颊上
说起一首不朽的诗
说起早逝的诗人
时间一会儿近　一会儿远
近得在孩子们的牙齿上闪亮
远得从江面上沉入水底
屋檐飞入天空　影子留在地上
我什么也不想说
只觉得这光景真好

北部湾

说吧　爱人
声音小点儿也听得见
我就在这块红色的火山岩上
海底的热流和你一样
棕榈　榕树　芭蕉　香蕉林
也和你一样
蓝蓝的日子
一滴水珠　一朵浪花
一粒细沙　照亮你我
从未对你说过的喜悦
此时　正在重复着一句话
风吹过来　你停下来就好
闭上眼睛　你留下来就好

卷三　笔记

找啊找啊找朋友

是的　我该为之欢喜
广阔的　安静的　芬芳的　都是我的
大口呼吸　风是我的　阳光也是我的
一页页打开生长在旷野里的文字
小草　野花　树木　一言一语都在耳边
我能听见　这些热情洋溢的声音
今天　和蚂蚁说说话　我喜欢这样
这几只蚂蚁是我的朋友　这几只也是
蚂蚁喜爱的食物　让我常常为之感动
今天　我和蚂蚁在草丛　岩石　泥土里穿行
城市　没有了声音
时间　没有了声音
久远的尘世　似乎正停留在我们的脚下

我的马

闭上眼　我的马是指尖上的一缕风
青草蠕动于掌心　温柔的旋涡深了
马蹄声　在一滴露水里长出嫩芽
一条河　拉长了韵律　在天空中回响
草尖上的灯盏　那朵小花也是你
大片的色彩　从这座山坡　流向那座山坡
你知道从这片草原飘向那片草原的云朵
是另一匹马　没人能像我这样唤醒它的名字

小乔

小乔初嫁年芳几何　十六　十七　或是十五
史书没有记载　小乔不是大乔　小乔自然要小
自然比周郎要小　小乔的年龄　周郎放心上　我也放心上
周郎双手捧起口中含水的小乔　一股胭脂香吹向我
十六　十七　或是十五　无关爱情　却关乎想象
小乔还是小乔　周郎还是周郎　爱情还是爱情
想想十六　十七　或是十五的小乔　我的这行文字就湿了……

琴瑟

明月从小乔的指尖上悠扬婉转地升起
流水之唇　一波一波吻湿了岸的胸膛
一缕风吹在脸上　比我感受的轻了许多
少女心中花蕊开了　英雄万里江山醉了
盔甲　战船　箭镞　马匹　沉入一滴水的光芒
赤壁与今夜无关　小乔双眸盈盈闪闪
一口一口呼吸　这首琴瑟和鸣的韵事
斟满一樽又一樽　周郎乘兴　起舞仗剑
一定是不寻常的夜　到今天依然在情人心上
一抚一颤　奏响了吴越　缠绵了江南

周郎山

今天　这里只谈爱情　不谈战争
战争已经入土腐朽　爱情满眼青枝绿叶
周郎山上眺望赤壁　小乔的眼睛红了
一浪高过一浪的鼓鸣　湿了少女的掌心
马鞍上　小乔一醉不醒　想象的翅膀盘旋升腾
指尖上的根一点点深入　深入雷声滚动的心脏
周郎山的大帐　至今上演着无法复制的光阴
风流韵事　金戈铁马　长河流水
我看见　两个人的容颜浮出马蹄踏过的青山
有人来了　有人去了　爱　依偎眼前……

我是一个向后退的人

这座城市和另一座城市　只是有着不同的名字
我清楚　迷路了　像我清楚你的面孔模糊了一样
望着沉浸在快感里的男人女人　我不缺少雄性
一心回到那个放不下的去处　依偎着尘封的往事
我是一个向后退的人　退到哪儿我都不孤单
稻田也好　村头也好　屋檐下也好　运河大堤上也好
现在好了　回到娘的腹中　光景不再那么寒冷
风吹的气息是流淌的药　分分秒秒　时时刻刻

一个人来到洛阳

洛河　喝多了酒　醉了
风　吹送着　一些看不见的日子
黑夜　岩石　在地下燃烧
熟悉的街面上
阳光将屋檐的影子　留下来
还有我的身体　目光
白马　轻轻地抖了一下鬃毛
那个瞬间　我感受到了诗人的沉默
洛阳城里　一朵花　开了

苏州

乌篷船摇过小桥　烟雨清晰了
一枚花瓣滑过亭台　或浓或淡的光阴
没有说出口的话　是我的心事
多喝了几杯　月光洒落的声音停在巷口
醉了真好　渔火还在江上　城外的人望向这边
风吹送着你的名字　想想　就暖和了

你的名字叫楼兰

取名字的人　是你的情人　也是爱人
哪一年　哪一天　我都记好了
天边挂着云朵　沙粒中抽出嫩芽
风的呼吸　沐浴了我身体的每个角落
快来听听　夜　一层一层打开月光
真好　轻轻唤一声　你就走过来了
楼兰　我要做一个男人　也要做一个女人

站在嘉峪关城楼上

太阳透过一页发黄的纸张　照亮嘉峪关满身征尘
三层飞檐　挂动风声　一支远逝的箭镞颤动羽翎
号角　嘶鸣　蠕动掌心　河西走廊的潮水浮出大地
垛口上一闪身　四目相对　你看清了我　我认出你
书桌前　墨香弥漫　明式家具的气息贯通我的筋骨
心跳涌向四面八方　我听见的安静　就是此时的天籁
捡拾一粒沙砾　指尖粘满马蹄的血迹　利刃的寒光
狼烟腾空而起　急速的号令传来　大风中弓弦齐鸣
站在嘉峪关城楼上　仰起头　有一秒钟　我想到了祖国
向西望一眼　目光被力量指引　遍地的骨节嘎嘣作响
我想　那些人的后裔是否还居住在周围的房舍　村落
城楼的颜色　旧了又旧　一缕灯光洒在我脸上

题魏晋砖壁画

风迎面吹来　一千八百多年前的阳光绿了房前屋后的庄稼地
接近水源的根须　紧握大地深处的春天　颗颗明亮的心
一步步攀登古老的墓穴　黑暗的阶梯　抵达一个香香甜甜的梦
魏晋破土的风情　开放四季的花朵　葱绿　洁白　火红
一颦一笑的瞬间　你　指尖上的温度　流遍我的身体
话语还是那么安静　你仰望天空一行飞鸟　越过头顶
雨水　滋润了唇齿　呼吸　清澈见底的日子吐出嫩芽
转过头来　祖国在一所小院　一处营垒　一根树枝上醒来
我来了　种一片桑树　和爱人一起采桑　养蚕　织布　纺纱
嘉峪关上的将士该添衣了　来家里吧　我陪你们喝碗酒暖暖身子
塞上小曲飘了又飘　远了又远　你怀揣一粒种子　想故乡的原野

献给一块砖的诗

大明正德年间　我年轻力壮
一溜小跑将四十斤重的方砖运上城头
我知道　这不是一般的工程
这是一双佑护子孙的大手　一座雄关

今天　站在这块方砖前
我看见六百多年前的人们
有说有笑地从眼前走过
身子骨结实　硬朗
鞠一躬　再鞠一躬
百姓心中的镜子
一种品格　一种精神　一种节操
一种理想　一种力量　一种誓言
一种渴望　一种追求　一种梦想
一种尊严　一种抱负　一种胸怀
一种高贵　一种浪漫　一种感动
一种思念　一种贴心　一种温暖
一种丰富　一种形象　一种昭示

一种气度　一种使命　一种强大
一种音乐　一种禅意　一种自然
一种和谐　一种寓言　一种诗歌
我发誓　我坦白我的无知　丑陋　邪恶
我来认罪　我向你　忏悔
宽恕我吧　我在你面前跪下了
你看看我　还能不能认出我的面孔

拜孔子

一

天亮了　满眼绿　吟诵尼山的气流
岁月或浓或淡地浸入石板路
充满玄机的风　是你为民心调制的药

二

是的　夫子的塑像　看上去老了些
如今　这个岁数的人都很年轻
我听见　一颗沉重的心　响起
一声叹息　石碑上活生生的汉字醒了
还是老话　定格了君子的举止言行

三

孔府门前　正午的阳光洒了一地

伸手一摸　一粒汗珠湿了眼前的日子
没人通报　无人引见　我不请自到
想　老夫子一定见多了我这般访者
耳边忽闻："有朋自远方来，不亦乐乎！"

四

屏住呼吸　你的心跳　近了　近了
你伸过手来　抚摸着我的头发
河水沉没了　你的长须　根一样在大地上飘起

在无锡看太湖

只读懂了很微小的一部分
柳枝　细浪　花朵　阳光
这样也好　想象有了漫延的空间
一片水域　波光漫过心头
一些湿润的气流开始从水面上涌来
船舷荡漾　簇拥　或者拍打的声音
与停泊的时间长短没有关系
你转过身来　眉宇间的潮水上岸了
停留在一个并不清晰的地方
一块石头上刻着大红字“太湖鼋头渚”
这个“鼋”字以前不认识　今天记住了
还有某一个脚印　或者某一个眼神

马群

给呼伦贝尔大草原　深鞠一躬
吐出体内的污浊　和马群靠近些

这是我见过的　最清晰的马群
它们远离我们　没有奔跑　嘶鸣
风　吹动马鬃　吹动大兴安岭苍茫的林海

站在这里　双脚迅速生出根须
马儿望过来　蠕动的肌肉　油亮的皮毛
让我感觉到了一株青草的幸福

致“一亩松”

八百年禅悟
风　迎面吹来
让我的心　颤抖

阳光从高处落下
耳边　头顶
绿了　满天足音

沉入岩石的身影
浸透大地的真言
年轮　若隐若现

爱　无知
梦　无知
心　无知

祖上的苗
前世　今生的君子
见你一面　造化成仙

题银杏

眼前　铺满经卷
一身风雨　袅袅香烟

抱住你　灵魂靠岸
浩渺入静　上苍赐缘

听见了　我的佛祖
普度　普度　普度

玉泉寺两株银杏　双手合十
转瞬　越千年

一行泪　一声叹
谁遇见　甲戈在此跪拜无言

题玉泉寺佛影

佛在路上，空山有根。
此行越古今，一日悟浮尘。
是缘！千年佛来音！

好山好水好人家

我的诗在名为照泉达喇峪的地方扎下根
两个幸福的人　走出繁华做了一介草民
亲手栽下的树苗　一眼望过去绿了身心
石板铺砌的小径不由自主地让人抬起头
阳光注入清泉　洗亮了山坳里青石的纹络
此时桃花开得正好　杏花也鼓起了骨朵
蓝汪汪的天　从这片林梢荡向那片林梢
山顶上　松树　槐树　杨树　正牵住云的衣襟
一所白房子门前的树上　鸟巢低了又低
谁　早晨醒来闭着眼睛听鸟鸣贴近双鬓

风景

抬头　一片叶子飘来
低头　一地绿荫离去
树是树　风是风　我们还是我们

瓷

沉入河底的涟漪
一圈一圈湿了你的唇

风　吹来你的呼吸
夜色深了又深

只一个转身
我听见　有人轻唤郎君　郎君

收废品的老人

小区门口的法桐下
有位收废品的老人
好几年了　一直在那儿
我们都习惯了将废品卖给他

远远喊一声："卖废品！"
他就应一声："来了！"
声音很小　更像是自言自语

有时　他戴上老花镜
翻看着或许是刚收来的旧书报
就禁不住　想
他可能不像我想的那样孤单

有时　他的眼神越过整座城市
停留在一个很遥远的地方
他身边装满废品的三轮车
像一匹拴在树上打着响鼻的马……

他一定不知道我写了这首诗
并且一直想朗诵给他听

拥抱祖国

开春在楼前开了点儿荒　种了十几棵辣椒
早晨出门上班　看一眼干净的泥土
顿时一股流水　浸透心中一处柔软的地方

我不停地锄草　每一次都绷紧神经　屏住呼吸
它们并不畏惧　平心静气地生长着对我的蔑视
这是入夏以来　面临的　没有预料到的考验

汗水模糊了眼睛　看不清泥土　草儿　辣椒
我开始后悔　当初　种这几棵毫无意义的辣椒
抬头看看妻子和孩子们在树荫下望着我的眼神

一场雨　辣椒竟然勇敢地开花结果了
我有些不好意思地采摘下来　烹制了精美的菜肴
从此　辣椒融入我的家庭　我的身体　血液

草儿在高高的辣椒下面　显得娇小可人起来
像孩子们柔软的毛发　欢声笑语从那个空间传来
我想　如果有马群　一定是草儿让它拥抱了祖国

泉

堵　就是让人咽下这口气
说实话　这不是遗言
我不能将自己丢在可耻的路上

我知道　堵
比车轮更接近坚硬的地面
我告诉了孩子们
我死了　一定埋在老家的麦地里

我的爱　绝不能随便给人
我很想　那个很小很小的村子
2011 年 10 月 1 日这天　听说北京和济南一样
全国都堵　济南却因我的这首诗出了名

给诗人的伤口撒点儿盐

给诗人的伤口撒点儿盐吧
我这儿正好需要一把盐

想看病　医生让我吃错了药
我笑着感谢他　治得好

伤口　盐是我生命的一部分
给我把刀吧　我身上有的都给你

送卧夫

冷点儿算什么　冷点儿才显得酒劲足
现在的酒　勾兑的多　喝酒的人也一样
你这壶酒　我能呼吸出来　正宗粮食酒
上脸了　好　让我们倚着诗人的墓碑　干一个
山顶上　你一定听见或者看见了什么
你身体里的火　是包不住的
双鸭山　首都北京　宋庄　一路血迹
不同的画面　场景　牵着一根血糊糊的绳子
卧夫　你该来济南找我　才一个多小时的路程
他在海边　你却上山　你说　这酒怎么喝
大明湖的月光还醉着　你把我的手印带走了
你一定和不少人又喝了不少　不劝了　知道你的量
醉了吧　一生不醉几次咋行　你这么一个善良的人

缉毒警老张

缉毒警老张和我坐对桌　这算俺俩的缘分吧
老张比我年长几岁　破案能手　领导让我向他学习
老张咧咧嘴　一口鲁西南方言说：学啥，瞎了人家
说这话时　我看见老张额头上的皱纹瞬间深了一层
那时候　我习惯把老张当面镜子　每天上班照一照
听老张说身上的几块疤对天气越来越敏感了　心里一颤
当然　这是酒后说的
因为酒　我和老张成了无话不谈的朋友
老张喜酒　爱喝自己的小酒　从未因酒违纪犯错
老张常说　退了回老家自己动手酿粮食酒给我喝
还说醉了也不能走　第二天再喝　临走再带上几桶
说完这话　我们哈哈一笑　我说等你开了酒作坊一定去
这话是五年前说的　当时老张五十岁　我才三十出头
五年后的冬天　那场酒　我醉了　老张也醉了
老张说　农民的儿子吃了这么多年城里饭　想家了
老张祖籍鲁西南　军转入警　从警三十多年　副主任科员退休
我那个年龄还不会品酒　如今咂摸一下　老张真是一壶好酒
后来我就把老张当成一壶酒　冷了喝一口　热了喝一口
2013 年春节前　老张来电话　说他的小作坊酿出了酒
听见老张的声音　我的眼睛湿了　我知道老张找到了幸福

一大队

写这首小诗　不是因为我的座位靠近窗口
也不是因为每天能看见阳光在桌面上一点点铺开
二环南路 2011 号 603 室　十一个人的温暖房间
有的孩子在襁褓中　有的孩子上大学了
有的喜欢说　有的喜欢听　有的喜欢沉默
有的好喝酒　有的好抽烟　不喝不抽的没有
绷得紧　压力大　说多了都是眼泪
感情是什么　就是喝了酒抱头一起哭
大家都深爱这身警服　爱到无话可说
队上的故事　有的让人捏把汗　有的让人热血沸腾
听说磊磊（帅哥）和女朋友聊起一次抓捕毒枭
女孩儿双眼圆睁　大大的　黑黑的　亮亮的
作为大哥　我知道磊磊喜欢大眼睛女孩儿
莎莎（美女）目前还是单身　只是越来越瘦了
每天风一样吹来吹去　感觉春天就在身边
窦子有了小千金　突然找到了伟大父亲的感觉
力哥还是那么胖　脚步却轻似狸猫　快赛猿猴
目睹他跟踪毒犯　让我觉得看问题要换换脑筋

碌哥　昆哥　滨哥　都是我的哥　大家心贴着心
杨子　老邹　召生　是大队领导　好样的
关于我　就不说了　大家都知道　就这点儿喜好
当然　时间在一大队从来没有停止流淌
包括每一个黑夜　每一次灯光开启或者熄灭
这不影响我们感受生活的分分秒秒　时时刻刻

民警小艾

过年了　我想　城南市局看守所民警小艾又长了一岁
想小艾　说来简单　是因为小艾脸上的笑靥
那年　小艾警校毕业第一天上班　我去提审
一看见小艾就喜欢上她了　当时没多想小艾怎么看我
小艾笑着叫了声“哥”　一整天看守所的空气都流动起来
就这样记住了和小艾相遇的瞬间以及她推开门的声响
后来见面多了　熟了　每次都细心地珍藏起小艾的笑靥
当然　这是几年前的事情　如今墙还那么高　网还那么密
小艾脸上的笑不知何时消散了　我知道发生了什么
我什么也没对小艾说　我不知道该怎么说　我说不出口
看守所领导都说小艾进步很大　老练了　像警察了
听了这话不知为何心里一阵疼　小艾原谅你这个哥吧

你的眼睛

街道社区里没留下痕迹　一身执勤服是浓了又浓的夜色
一定还有什么沉浸其中　引领着脚步和不眠的思绪
走进名叫县西巷的小街　一段爱情在大明湖边抽出嫩芽
岸边的垂柳一枝一枝倾泻而下　能感受到你发丝的柔软
均匀的呼吸飘来　泉水里一张笑脸　转了个身
一层一层涟漪荡漾开来　警徽和灯光摇曳在眼前
一滴雨水记错了日子　一缕风从北向南将往事又说了一遍
想起来了　前面快速追击的路口和你的心跳擦肩而过
满天的星辉在你的头顶　远处的屋檐张开美好的翅膀

109561

109561 是我的警号
作为一名民警　这是我的另一个名字
警队是条血管　我和战友们一样　都是一滴鲜红的血
血是热的　血要流淌　这座城市就有了我们的体温
揉一揉眼　一条河来了去了　河水看着我　我看着河水
二十多个春秋　街上的树粗了高了　额头上的皱纹密了深了
日子迎面吹来　万朵浪花在眼里一波未平　一波又起
不朽的数字中间　眼熟的年轻面孔　庄严地举起右手
音符还响在耳边　一地阳光照亮微黄的画面
追逃路上你回首一笑　那个瞬间清晰了暖暖的家园
红绿灯下　十字街头　风雨雕刻的骨架正向这边招手
此时　多少数字凛然面对邪恶　多少数字值班备勤巡逻站岗
当然　109561 也不例外　我的兄弟　没少在爹娘面前提起你们
更多的时候　我是在听你们说话　听你们呼吸　尤其是深夜
你们的心跳紧贴着我的胸口　我总是忍不住伸过手去

两个字

那时候警察叫公安　从小我就梦想长大了当公安
“公安”两个字从抓坏人开始　在我儿时的心中扎下根
如今每每有人问我七岁的双胞胎儿子长大了干什么
一个个都会大声说当警察　再问当警察干什么
他们会不屑地看你一眼说：这还不知道，当然是抓坏人
作为父亲　听了孩子们的话　心里真是有无法言说的滋味
摸一把穿了半辈子的警服　再看看孩子们毛茸茸的眼睛
就觉得该对孩子们说些什么　也对自己说些什么
不论当年的公安　还是如今的警察　前面都有两个字
我知道　在孩子们眼里　有没有这两个字没啥关系
就像孩子们只关注后面两个字一样　亲爱的孩子
要记住这两个字——人民　它身上有爹娘的体温

致张国森

一

大雪下了三十七年　你一步步融入这洁白的世界
脚印深了　更深了　你抬起头　远处的山模糊了
一朵雪花颤抖着翅膀落入你的眼窝　一汪水明亮了
我能听见你的呼吸　正从你的体内扩散开来
帽檐上的冰霜定格了一条条山路　这些你没有数算过
你的身影清晰了　你去的那个屯子　那户人家清晰了

二

风吹来　雪花开满小兴安岭　你将旷野揽在怀里
某个时间　某个瞬间　你仔细地端详着这片花海
你的身影　沙沙作响　热热的目光停留在群山之上
脚窝淹没了　你的一头白发　举高了成片的白桦林
你又出门了　去屯子的路是熟路　来往的都是熟人
四海店派出所近了　老张　哪一场大雪最让你揪心

三

退休了　可以歇歇了　你一遍一遍抚摸着警服
光阴在眼眶里　一圈一圈旋转　你的手颤抖起来
你的唇颤抖起来　一页页发黄的日历颤抖起来
沉睡的小院醒了　你和乡亲们正在大雪中取暖
嫩芽绿了树梢　绿了眼神　绿了唠不完的家常嗑
老张　你走了　你掏心窝子的话　热了百姓的炕头

四

老张　你走的那天　大雪还在路上　大雪要为你送行
多少次了　你身披大雪而来　山上山下　山里山外
想想那些洁白的　绽放的花朵　你的眼睛潮湿了
黑土地明亮起来　一缕阳光引领着你的脚步　远了
那天　你站在镜子前举起手给自己敬礼　你说你哭了
看了那段影像　我哭了　旷野里一场场大雪　哭了

草帽警察佟江华

佟江华一直称自己是一名草帽警察
每次说出这几个字　眼里都蓄满一汪水
望着他　能听见心跳敲击胸口的声响
那一刻　血液的热度　传遍我的全身
一种力量拉近了我与这位东北汉子的距离
从农民到一名治安员　从治安员到一名警察
十年　二十年　三十年　四十年
光阴一页页翻过　白了两鬓
身影　脚印　被寒风吹动　被雨水打湿
畅通　平安的铁岭　定格在警徽的光亮里
放学的钟声响起　正好在门前遇见你的眼神
十字路口　红绿灯下　一条条斑马线上
交通警察支队支队长佟江华　始终在路上
高峰期的车流里　你的面孔在我眼前一闪而过
你的打油诗　字字句句有着一方水土的温暖
你和百姓近　百姓和你亲　草帽就是雨伞

温暖的大雪

雪　飘起来　这是一朵一朵雪花开出的方言
紧贴着我的呼吸　紧贴着民间的风情　欢乐
雪　粘满我的睫毛和双唇　一股股香气扑面而来
空气是干净的　夜是干净的　灯光是干净的
东北小烧烫了又烫　让我醉倒在一朵朵雪花里
雪　想你吻湿的脸颊　想你一点点淹没我的脚窝
雪　张开双臂迎接远道而来的日子　我听见了
铁岭街头的雪　辽河两岸的雪　黑土地上的雪
我身体里的雪　这一刻　一朵一朵下得正好很温暖

冷也是一次花期

我前脚来到铁岭　后脚寒流就到了
一座城市的幽默　从街面上一页一页翻开
零下二十度　姑娘们的筒靴　丝袜提醒我
一定遗忘了什么　在某个时间　某个地点
比如　这首小诗只写到寒冷　只写到天气
却忽视了一场大风　或者一场大风的芳香
姑娘　让我直视你　直视你开放的时光
姑娘　诗人的文字和体温一样都在升高
你一定从众多眼神里察觉到了我的羞愧
再冷点儿吧　让我尽情地颤抖　为错过的人
为熟悉的人　或者陌生的人　想想你
一年一年　失去了多少本该欢呼的花期

我眼里的泉水

护城河里　星星　月亮　一前一后荡漾过来
泉碑上的汉字醒了　稍微靠近点儿　能感受缓缓飘来的呼吸
青石阶有点儿潮湿　古巷　屋檐　拱桥　垂杨　又浓了一层颜色

有人来了　还是那辆老旧的自行车　布鞋上的泥土闪着亮光
泛黄的画面　驻足街头　一声招呼　几句家常　一股暖流扎了根
自行车立在泉边树下　春去秋来　伸手捧起岁月沐浴的往事
指缝间滴落的温情　在一位交通警察脸上　溅起蔚蓝的天
那个瞬间　头顶警徽的爷爷那么亲　真想上前抱一抱　贴贴脸
风雨来了去了　天冷了热了　一朵云停下来　染白爷爷的鬓发

爸爸警校毕业　坚定地回到大明湖畔　回到一位姑娘身边
爱情故事里　妈妈和爸爸一样　出生在泉边　喝泉水长大
讲起面对枪口　子弹　利刃　死亡　爸爸眼中闪动着一汪水
妈妈不那么坦然　侦查　追逃　抓捕填满黑夜　爸爸瘦了
额头上皱纹深了　妈妈总是打来泉水泡上茶　为爸爸解乏
一壶茶　爸爸有了精神　我一直想　泉水有多少不为人知的秘密

今天　我穿上警服来到泉边　看一朵花的梦　听一缕阳光的甜

我是片警　我的片是咱济南的名片　趵突泉　漱玉泉　五龙潭

当然　我知道一名“九〇后”有点儿年轻　不用担心　我是泉水的女儿

爷爷　父亲　正望着我　眼神中的热　穿越时空注入我的血管

多好的人家　三代警察的身影倒映在光阴里　模糊了　清晰了

多好的日子　风吹动柳枝　吹动我的发梢　吹动我想对你说的话

孙雳，我呼吸到了你的芬芳

一

2001 年　孙雳通过公务员考试进入交警队伍
那年她二十二岁　对女孩来说这是一朵花的年龄
十五年冷也好　热也好　日子头也不回地走了
孙雳的笑清澈见底　让我生出些许感动
作为基层民警　大家都是挺能面对现实的人
再看一眼孙雳　一个个沉静的日子明亮起来

二

通向西郊中队的土路上　一股气息还停在原处
一朵朵红的　白的　黄的小花　仰起新鲜的面孔
空气里流淌的香味　让孙雳禁不住大口呼吸
风吹来　白杨树摇动满身的阳光　哗啦啦作响
几间旧平房被庄稼一圈一圈围着　一片青枝绿叶

玉米靠着窗口　一身警服让孙雳的心微微颤抖

三

一粒汗珠　在西郊某个路口晃动熟悉的眼神
心里的暖　扩散开来　多让人稀罕的闺女啊
天热啊　大爷大妈送来水　她仰头就喝
甜滋滋的水　在孙雳心里一天天泛起涟漪
太阳花的花瓣　花香浸透了一张亲切的脸庞
经十路直贯东西　你的身姿近了　庄稼地远了

四

顺着我指的方向望过去　路灯下的身影清晰了
金灿灿的地面上　你仿佛置身于一条长长的河流
一个个窗口亮了　开满花朵的窗帘让人心头一热
看到这一幕　孙雳也知道　孩子一定在家等她呢
说不出为什么　每每想起这一刻　视线就有点儿模糊
十五年有多少个这样的瞬间　都被孙雳焐在怀里

五

西郊中队大厅的墙壁上　我看到一个个绽放的笑脸
孙雳就在其中　我寻找着远了或者近了的身影

一股扑面而来的花香　吹来　荡漾着我的目光
说不出什么流入我的血管　涌动起我体内的潮水
我听到了一个人的心跳　我呼吸了一个人的芬芳
孙雳　你在我心里　是一位好战友　是一位好妹妹

枪声

走进南昌市中山路 380 号
站在江西大旅社门前
现为南昌八一起义纪念馆
我听见　枪声越来越近　越来越急
沸腾的赣江水掠过我的头顶
八月的心跳击打着我的胸口

枪声　枪声射穿黑夜
铜质的光芒擦亮黎明
身影浮出大地　昂起呼啸的头颅
握紧骨头打磨的锋刃
穿越时空的队伍滚滚而来
一汪汪鲜血　模糊了　清晰了

城头的硝烟还未散尽
大风吹来　军旗猎猎
我的亲人　娘的骨肉
多想迎上前去　说说娘的牵挂

你们的名字　一笔一画　铮铮铁骨
铸起大理石丰碑　不朽的魂魄

今天　我听见
枪声越来越近　越来越急
在南海　在钓鱼岛
在海天之上　在巨浪之巅
祖国　我是一名战士
我是你飞出枪膛的第一粒子弹

消息树

在一棵树下　我看见七十年前遍地未干的血迹
鲜艳夺目的花一片连着一片　扇动耀眼的翅膀
泥土里　天空下　一股越烧越旺的火苗清晰了
这一刻站立或倒下的身躯　在田里拔节　生长
根　握紧拳头　深藏大地的力量　举起沉甸甸的果实
一个迅速逼近的指令　穿越时空撞击我的胸口
一棵树　一片叶的涛声越过头顶　响彻崇山峻岭
遥远的日子里　游击队员的步伐被一层层金色镀亮
今天　南中国海的至高点上　大风卷起鲜红的血衣
钓鱼岛的每一块岩石　不停地敲打着我的骨头

大刀

大刀插满阵地　蜿蜒的防线打磨了一遍又一遍
我听见　从一只手的血管里　传来轰鸣的声音
牙齿咬碎了　一粒粒子弹在枪膛里屏住呼吸
今天　当我无意中目睹了这座骨头铸就的壁垒
必须提醒我的孩子　这是大地深处从未停息的冲锋
七十年前的一场大战　黑白场景　回荡起嘹亮的杀声
耀眼的光芒　绽放我对一把大刀的崇敬　热爱
我说不出一个字　堑壕的泥土加固了一层又一层
掩体刚好让人保持最佳的射击姿势　大战来了
看不清他们的面孔　是谁留下了这张珍贵的照片
小鬼子逼近了　高远的旷野里骨节嘎嘣作响
子弹打完了　手雷抛光了　挂在刀刃上的风一跃而起

南京

看见你　我哭了　我想让你看见　我哭了
想让你看见长江哭了　一路大哭着入海
想让你看见大海哭了　泪水凝成粒粒洁白的盐
融入 1937 年 12 月 13 日　融入骨头　血脉　疼痛
血　模糊了你的身体　模糊了街巷　旷野　家园
疾风哽咽不出声音　喷溅的亲人卡住我的喉咙
你和你的孩子　停滞在低了又低的天空下
圆睁的双眼　看见了什么　伸出的手　抓住了什么
今天　城墙根下　岩石的缝隙里流出你的记忆
想让你看见　我和你一样在泥土里　在基石的底部
我哭了　想让你看见　为何　你流不出一滴泪

军号

今天　在我居住的城市济南　依然能听见你的声音
你的话语　从深夜里传来　让我一步步靠近
靠近山顶　旷野　以及浸透热血的无名高地
一枚枚生锈的弹头钻出泥土　我甚至不敢直视它们
遗失的耳朵被人找回　安放在都市广场的一角
大理石纪念碑上空　你的眼神长满青枝绿叶
日子与鲜花　温暖竞相开放　泛起一地细细的波纹
阳光正好折射出你的面孔　在高处若隐若现
一些脚印从草尖上飞起　大风　硝烟被远远地抛在身后
我看见　你正沿着庄稼的根进入一粒粮食　进入祖国

微山湖雕像

铁道游击队员身后的芦苇　在大风中一浪高过一浪
娘　站在村口　一头白发照亮呼啸而来的火车
娘的身影在湖水里下沉　一轮落日红透娘的眼神
娘　听见了密集的枪声　在芦苇荡里一阵紧似一阵
近了　一张张面孔清晰了　娘　我去端小鬼子的炮楼
小船箭一样射出河道　水底的杀声　一跃而起
今天　当我站在船头　目送游击队员匍匐的浪花
一粒呼啸的子弹　从娘坟前　掠过我的头顶
我知道　弹土琵琶的游击队员　一定是想家了　想娘了

黄河大合唱

我要从泥土里把你取出　双手举起你铜质的光芒
大风吹响头颅　吹响呼吸　吹响天空　长长的队伍
扎根大地的力量　以一片叶子的方式卷起豪迈的涛声
看清了　我遗忘的人们　正在高处注视着我的言行
挺直脊背　接近一些话语　接近一个个滚烫的胸口
当然　一些泪水灼痛了我的手指　那些倒在黑暗里的亲人
视死如归的步伐滚滚而来　都是娘的骨肉　跳动着娘的心
是的　在我的耳边　你的一声声呼喊近了　更近了
汹涌的大河　耸立的屏障　辽阔的旷野　苍茫的林海
祖国不再是一个名词　祖国是一腔血　一腔不可阻挡的热血

我们

——献给2008年北京奥运会

奥运会重要的不是胜利，而是参加；
生活的本质不是征服，而是奋斗。
——皮埃尔·德·顾拜旦

一

让我们一步步攀登　攀登
看不见的足印　闪亮的泪水
神圣　庄严的时刻啊
什么力量
如此强烈地打动　感染我们的心

一定是那渴望的鼙鼓
擂响　擂响宇宙的胸膛
一定是那不落的太阳
升起　升起大地的歌唱

最美好的时辰
亲人的笑脸　孩子的面庞
最美好的时辰
我们擦去风干的泪痕
战争　流血　死亡
世间所有痛苦　悲伤

我们双手合十　祈祷
同一个世界　同一个梦想……

二

当我们来到古希腊记忆的旧址
凝视　顶天立地的石柱上空
闪亮的明珠　圣洁的光环
现代奥运穿越时空的云帆
太阳　神话和诗歌照耀的雅典

当我们绕过
战争留在广袤大地上的一片片血迹
焚烧的房屋　悲伤的恸哭
翘望　奥林匹亚橄榄树林海的顶端
那是谁
坚定不移地攀登着灵魂的阶梯
永不回头地奔向无限的光明

噢！皮埃尔·德·顾拜旦
你依然高贵地活在人间

三

奥林匹克　请接受我们的爱——
拂面的微风亲吻你的双眼
奥林匹克　我多么需要你的安慰
1920年8月14日在舞动　比利时在舞动
安特卫普盛夏的诗篇在舞动

奥林匹克　请接受群山的爱——
安特卫普　我们为你骄傲
以斯海尔德河不息的流水
以世间母性的博爱　慈悲
抚慰欧洲的伤口　欧洲的血泪

安特卫普　我们为你骄傲
顾拜旦亲手设计的五环旗　从此
在大地升起　在长空呼唤
鸽子啊　从此唤响世界和平的誓言

奥林匹克　请接受大地的爱——
快乐的少女　如鲜花盛开的姐妹
我们记住了你——美丽的姑娘

——美利坚的伊丽莎白·罗宾逊
你从阿姆斯特丹百米跑道上飞来
女性的奥运梦想多么让人心动

奥林匹克　请接受人类的爱——
领先　领先也一往无前
跌倒　跌倒也奋起直追
每一分　每一秒坚持不懈
每一次　每一回竭尽全力
伟大的奥运之美
挑战极限　挑战极限的瞬间
创新纪录　创新纪录的呐喊……

四

这样的日子　这样的记忆
遥望第二次世界大战冲天的火光
寒风吹响的坟冢
尸骨延绵的家园
大声呼喊——欧洲啊
你可是一行凄凉的泪滴

伦敦啊伦敦
是你高举奥运的旗帜温暖了欧洲
是你高举和平的火炬

照亮了黑夜　焦土　废墟
山峰坚强地昂起头颅
大海和森林涌荡起澎湃的足音

辽阔的平原　激荡的谷地
金色的田野　宁静的乡村
世间万物肃穆地　肃穆地
等待着　等待着　等待着
从古希腊雅典出发　出发
走出欧洲　走向世界

——奥运圣火
你是多么深入人心
一次次　路线在延长　延长
一年年　人群在壮大　壮大
——奥运圣火
让我们
攀登上世界每一个制高点倾情接力
让我们
矗立在一座座大山的巅峰奋力挥舞
——奥运圣火
让我们
汇聚起世间所有的声音呼唤灿烂的星空
和平　友爱的使者
光荣与梦想的航程

五

啊中国　啊北京
终于来到你的梦中
你隐藏在大地深处的墓穴
秦砖　汉瓦　白玉　青铜
王朝更迭　碑文高耸
你身穿金缕玉衣　谈笑风生

鸦片战争的炮声还在国门轰鸣
圆明园依旧大哭失声
看看啊　异国他乡的博物馆
摆满了列强瓜分的中国近代史

啊中国　啊北京
什么力量　和我们一起走来

六

啊中国　啊北京
这是我们举过头顶的火炬
这是我们举过头顶的珠穆朗玛峰高高的岩石
这是我们举过头顶的五十六个民族　十三亿中国人的笑容
这是我们举过头顶的五千年的祝愿　五千年的掌声……

啊中国　啊北京
这是一个让人难忘的夜晚
我们点亮每一盏灯　敞开每一扇窗
朝向您　朝向您的家庭　您的亲人
朝向您　或熟悉　或陌生的人们
是的　我们都在其中
欢快嬉戏的孩子　默默守候的爱情……

七

来吧　来看看
场馆　座椅上晶莹的指纹　透明的面孔
劳动者健康的体温
就根植在“鸟巢”　“水立方”
“奥运村”……
每一块基石　每一片绿地
每一个并不引人注意的角落

来吧　来看看
“中国印”绘出的心灵地图
“五福娃”传递的华夏风情

此时此刻　我怎能不想起你——刘长春
1932 年洛杉矶奥运会的跑道冷吗
饥寒　颠簸的旅途冷吗

你孑然一身　热血燃尽
而今　当我目睹你恍若隔世的影像
一个多么慷慨激昂的长调
一声多么婉转曲折的唱腔……

八

当晨露照亮我们的眼睛
当天使叩响心上的窗棂
爱　请允许我
以花朵和果实的情意迎接你

爱　请允许我
同诗人　艺术家　工人　农民　商人……
一起走出家门
手捧鲜花　迎接你——
迎接大地上最动人的乐章
善男信女跳舞　老人儿童歌唱

你好　亚洲　欧洲　美洲　非洲
你好　太平洋　印度洋　大西洋
你好　世界的每个角落
你好　光荣的奥运健儿

请接受东方古国的躬身施礼……

祖国迎来一场大雪

一场大雪降落在祖国
彻骨的寒冷　让我靠你近了　更近了
多好啊　这个时间仰起洁净的面孔
雪在额头上化了　我听见了你的召唤
来家里吧　我在房前屋后迎接你
弯曲的小河　田间的小路　田垄
一根枝条　一捧泥土　一缕根须
都在呼吸　洁白的种子　洁白的世界
盈满眼眶的日子　在我的血管里流动
我想家了　想父亲了　想他牵着我的手
想他　大雪一样传遍我的身体
传遍　一个即将来临的春天
你的心跳　是旷野的声音　吹过胸口
吹过麦苗　树梢　屋檐　以及每一条道路
吹过河流山川　城市　乡村
吹过大地　人间　越来越旺的火焰
祖国的大雪　燃起什么　又将什么烧成灰烬

后记

守住我们的精神家园

贾卫国

我出生在鲁西南。村子坐落在京杭大运河的大堤上，屋后就是微山湖。鲁西南平原，水多河密，田里一年两季庄稼——一季小麦，一季水稻。微山湖鱼虾肥美、水草茂盛，荷花、芦苇一眼望不到头，自然风光迷人。

说起来惭愧，相当长的时间里，我并没有认识到家乡在我诗歌创作中的意义。二十多年前，我头也不回地离开了它。在我越走越远的路上，岁月流逝、人生沧桑、世事变迁，很多事情发生了天翻地覆的变化，而生我养我的鲁西南却依然放射着苍凉、厚重的大爱之光。爹娘的面孔浮现在眼前，鲁西南成了我迎风站立的高地。我终于醒悟了，这才是诗的土、诗的根。那一刻，我敲响了诗的门。

家乡的每一股徘徊在村落、田野、湖面的气息，都与城市有着本质的不同。走出家门，走向田野，深吸一口气，会令人脑清目明、神清气爽。清澈的湖水，看一眼就想一头扎进去。即使是寒冬腊月，麦苗上落了厚厚的一层雪，也能让人真切地感受到贴身的暖。这种认识，随着年龄的增长更加强烈。

这些年，徘徊在一座又一座城市，一模一样的街道、楼房，常常让我找不着东西南北。我曾茫然不知所措地站在被轰鸣的机器推倒的老房子旁流泪，它们就这样被城市的利爪撕碎了。城市里已经看不到屋檐，四四方方的楼越来越高，家似乎离我们越来越远了。

爹娘一直叮嘱我，要做好人，做讲良心的人。不论走到哪里，爹娘的话我都记着，并且坚信好人一定有好报。

“他都写诗了，还不是好人吗?”这是一位老诗人的名言。

说实话，我写每一首诗都是艰难的，我总是力图用我的诗来传达生命的愉悦，还有我的忧伤。我要守住我们的家，守住我们的精神家园。

今天，如果您阅读了我的诗，那么在这里，我向您鞠躬致敬!